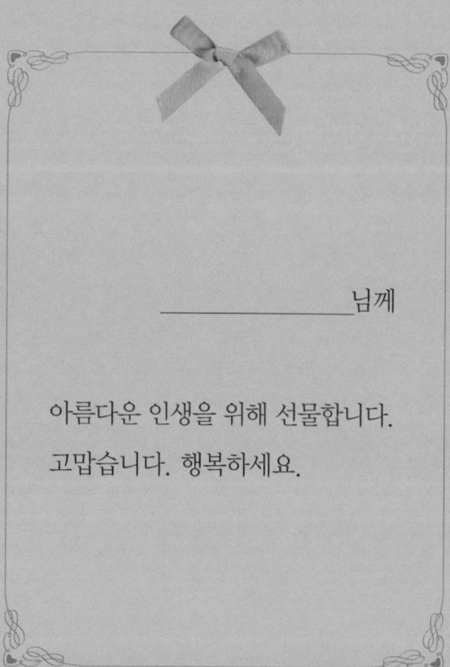

_________________님께

아름다운 인생을 위해 선물합니다.
고맙습니다. 행복하세요.

아름다운 인생

· 웰다잉 안내서 ·

아름다운 인생

아름다운 인연

1. 1년, 48주로 구성되어 있습니다.
2. 일주일에 한 번 나의 삶을 되돌아보며 자필로 직접 정리합니다.
3. 첫 번째 주에는 세계 유명 철학자, 유명 인사 등의 유언과 웰다잉(well-dying)과 관련한 개괄적인 내용을 담아 사유의 폭을 넓혀줍니다.
4. 두 번째, 세 번째, 네 번째 주에는 일상의 우화를 담아 나의 삶을 돌아볼 수 있도록 도와줍니다.
5. 한 달이 마무리될 때마다 유용한 상식 팁을 담았습니다.
6. 부록에는 실천적인 웰다잉 매뉴얼을 담았습니다.
7. 이 책은 독자 자신이 만드는 책이며, 이 책을 바탕으로 아름다운 마무리를 하실 수 있습니다.

시퍼렇게 눈발이 휘몰아치는 지리산 정상 어디쯤, 등걸만 남긴
채 홀로 서 있는 나무 사진이었습니다. 사춘기 시절 보았던 그
사진은 아주 높은 해상도의 그림으로 머리 한편에 저장돼 있습
니다. 그 사무치는 외로움, 누구도 찾지 않는 나무의 죽음….

아무리 뛰어난 사람도 죽음만큼은 자신의 의지로 좌우할 수 없
습니다. 모든 생명은 태어나면 반드시 죽는다는 진리는 고금을
통해 변함이 없습니다. 최초로 중국을 통일한 진시황제가 그토
록 영생을 찾았다는데, 그는 아마 나무로 환생했을지도 모릅니
다. 우리나라 최고령이라는 1,100년 수령의 용문사 은행나무가
됐던지, 우리나라 최초의 호두나무라는 천안 광덕사 호두나무
로 700년을 살고 있는지도 모릅니다. 아니면 중국 땅 어딘가에
서 다른 생명들의 삶을 바라보며 더 이상 남에게 못된 짓을 하
지 못하고 오히려 자신이 키운 과실을 나눠주면서 살고 있을지
도 모릅니다.

그런데 그 나무도 언젠가는 죽습니다. 중요한 것은 어떻게 죽
음을 준비하는가입니다. 요즘은 예정된 죽음보다 갑작스런 죽

음을 맞는 사람이 더 많습니다. 나이가 들어 또는 병으로 얼마의 시간을 허용 받는다면 주변을 정리할 시간을 가질 수 있어 좋습니다. 하지만 유언 한마디 남기지 못하고 교통사고로, 심장마비로, 또는 뇌의 판단 기능을 잃어버린 채 헤매다가 죽음을 맞는 사람이 더 많습니다. 그리고 이생에 남은 사람은 다시 볼 수 없는 사람에 대한 그리움을 평생 동안 가슴에 묻고 살아야 합니다.

4년 전 대한大寒의 추위가 몰아닥치던 날, 새벽 3시에 갑작스레 아버지가 돌아가셨습니다. 출근하시기 전 '내일 같이 닭백숙 먹으러 가자' 던 아버지는 불과 몇 시간이 지나 아무런 말도 할 수 없는 몸이 되었습니다.

아버지의 장례를 마치고 생각했습니다. 죽음을 조금씩 준비해 나가야겠다고. 이왕이면 주변 사람들과 우리나라의 많은 부모들이 준비를 했으면 하는 생각에 이 책을 집필하게 되었습니다.

'웰다잉well-dying' 은 죽은 후의 문제가 아닙니다. 더욱 의미 있고 아름답게 후회 없는 삶을 살기 위한 고찰입니다. 또한 이 세상과의 인연을 마치고 나서 어떤 온기를 남길 것인지도 웰다잉 준비법입니다. 구두쇠 스크루지가 자신의 과거를 돌아보고 삶의 의미를 돌아보았듯, 이 책을 손에 든 당신도 항상 자신을 돌아보고 주변의 모든 것이 소중한 인연임을 깨달았으면 좋겠습니다.

이 책은 당신이 완성하는 당신의 책입니다. 빈 공간을 하나하나 채워나가며 지금까지 살아온 삶을 한번 돌아볼 수 있습니다. 그리고 앞으로 항상 행복과 감사 속에서 살아갈 수 있으면 좋겠습니다. 이 책과 함께 웰다잉을 준비해보세요. 웰다잉은 웰빙well-being의 또 다른 말입니다.

더불어 이 책을 위해 전국을 돌아다니며 렌즈에 삶을 담아낸 문병희 사진작가와 사진을 협조해준 분들께도 깊은 감사를 표합니다. 또한 이 책을 위해 고생한 출판사에도 감사의 뜻을 전합니다.

2009년 9월, 달 뜨는 도장에서

안직수

스스로를 등불로 삼고 스스로에 의지하라.
진리를 등불로 삼고 진리에 의지하라.

♯01

모든 것은 덧없다.

죽음이란 무엇인가

우리 사회에서 '죽음'이라는 단어는 아직 금기의 단어입니다.
죽음은 무엇일까요?
사전적으로 정리한다면 죽음은 생명 활동이 정지되어 다시 원
상태로 돌아오지 않는 생물의 상태로서 생生의 종말이라고 합니
다. 의학적 관점에서 살펴본 죽음은 심장정지설과 뇌사설로 나
눌 수 있는데 심장정지설은 심장의 활동이 정지한 시점을 사망
시점으로 보는 것이며 뇌사설은 인간의 뇌 특히 뇌간의 기능이
완전히 상실한 경우입니다. 생명윤리학적 관점에서 죽음은 육
체적 지속성이 끝나고 생명이 돌이킬 수 없이 소멸되는 것을 의
미한다고 합니다. 지금까지 살펴본 바에 의하면 죽음은 신체적,
육체적 소멸을 의미합니다. 그러나 종교학자 정진홍 교수는 이
에 반문합니다.

죽음은 분명히 몸의 소멸이라고 말할 수 있다. 그러나 그것에
서 멈춘다면 그것은 죽음이해에 도달한 것이 아니다. 육체의
소멸이 지금 여기에서 살아 있고 죽음을 향해 나아가고 있는

자기 자신에게 어떤 의미를 지닌 것인지 묻고 그 해답을 얻지 못한다면 죽음이 어떤 식으로 설명되더라도 자기 자신과 관계없는 것이 되고 만다. 더 중요한 것은 죽음에 어떤 의미를 부여하느냐에 따라 자기 삶이 달라진다는 사실이다. 죽음이해는 그 삶을 결정하는 종국적인 요인이기 때문이다. 그러므로 죽음을 의미 있는 것으로 만드는 것이 삶의 바탕이어야 하고, 동시에 어떤 의미를 부여하는가 하는 것이 삶의 내용이어야 한다. 정진홍, 2007

정진홍 교수의 의견에 개인적으로 동조합니다. 죽음을 한마디로 정의할 수는 없으며, 죽음을 육체적인 면에서만 바라보는 것도 편중된 시각이라 생각합니다. 이제 죽음에 대해 진지한 고민이 필요한 때인 것 같습니다.

이 책을 읽고 계신 당신은 어떻습니까? 죽음이 무엇이라고 생각하시는지요?

죽음에 대한 여러 학계의 정의를 확인하더라도 그것들의 공통되고 확실한 명제가 있습니다. 결국 모든 생명은 죽는다는 것입니다. 세계 여러 성인聖人 가운데 죽음에 대해 가장 진지한 고찰을 한 사람은 바로 인도의 고타마 싯다르타 왕자였습니다. 싯다르타 왕자는 어떻게 하면 늙고 병들고, 죽지 않을 수 있을까를 고민하다가 그 해결을 위해 출가를 단행했습니다. 그리고 여섯 해의 고행 끝에 깨달았지요. 그것은 '삶과 죽음은 다른 것이 아니다' 라는 것이었습니다. 깨달음을 얻은 석가모니부처님은 '죽음은 현재 생에 관계 맺은 사람들과의 이별일 뿐이지, 끝이 아니다' 라고 말합니다. 여행을 떠날 때 가족이라는 인연과 잠시 이별을 하듯, 그리고 다른 사람들을 만나 관계를 맺게 되듯, 여행과 비슷한 것이 죽음이라는 것입니다.

죽음의 문제는 인간이 생각하는 능력을 지니게 되면서부터 현재까지 끊임없이 이어지고 있습니다. 죽음은 나의 문제가 아니라 나와 관계를 맺었던 '아직 죽지 않은 사람들' 의 문제입니다. 그들이 나의 죽음으로 인해 생기는 빈 공간을 어떻게 다독이며 살아갈 것인가가 더 중요한 과제입니다.

우리는 그 준비를 해야 합니다. 내가 세상을 떠나 더 이상 사랑하는 이들과 함께하지 못 할 때, 내 가족에게 내 친구에게 내 친지들에게 나와의 아름다운 추억, 행복한 기억을 간직할 수 있도록 노력해야 합니다. 그렇다고 어렵고 거창한 일은 아닙니다. 좀 더 부드럽고 세심한 눈으로 그들을 응시하고, 가끔 기록을 남긴다면 이보다 더 값진 선물은 없을 것입니다.

죽음의 문제가 결국 삶의 의미를 밝히는 일이라는 명사名師들의 조언에 귀를 기울여 보시길 바랍니다.

사랑하는 사람들에게 들려주고 싶은 이야기를 적어보세요.

년   월   일

인간 존재의 유일한 목적은

사진 **불교환경연대** 글 **카를 융**

단지 생존만 중요하게 여기는 무의식의 암흑 속에서
한 줄기 의식의 빛을 밝히는 것입니다.

몇 초 차이

그 일이 있고 난 다음 날, 가슴이 허했습니다. 잠시 명상을 해 봤지만, 마음의 요동은 가라앉지 않았습니다. 죽음이란 단어가 머리에서 종일 떠나지 않던 날이었습니다.

"형, 술 한잔 하자."

늦은 밤 지인을 불러내 술자리를 가졌습니다.

"지금 내가 살아 있다는 것. 그래서 같이 술을 한잔 한다는 것이 행복하다는 생각이 들어."

며칠 전 시골에서 집수리를 하던 중 갑자기 집이 무너져 버렸습니다. 60년 간 버텨온 전통 가옥이었는데, 기술이 부족한 사람이 손을 대다보니 그만 무너진 것입니다. 공구를 가지러 계단을 내려서자마자, 제가 있던 위치로 집이 무너졌습니다. 등 뒤에서 집이 쓰러지는 소음을 들으면서 꼼짝할 수 없었습니다.

만일 그때 몇 초 늦었더라면 저는 유명을 달리했을 터지요. 당시는 미처 느끼지 못한 삶과 죽음이란 명제가 며칠째 머리를 헤집고 다닙니다.

이런저런 이야기를 나누고 집에 오면서 일부러 두 정거장을 지나 차에서 내렸습니다. 가게에서 아이들에게 줄 과자를 몇 개 사서, 집으로 걸어가면서 한참을 울었습니다.

늦은 밤 손주들에게 줄 과자를 사들고 집에 들어서던 아버지가 떠올랐기 때문입니다. 아버지는 갑작스런 심장마비로 돌아가셨습니다. 아버지는 불과 몇 분 늦게 병원에 도착하는 바람에 유명을 달리하셨고, 전 몇 초 차이로 살아 있습니다.

사는 동안 열심히 살아야겠다는 생각이 듭니다. 하루라도 헛된 짓 하지 말고, 남에게 조금이라도 악한 일 하지 말라는 어른들의 말뜻이 이제야 이해됩니다.

사랑하는 사람들에게 들려주고 싶은 이야기를 적어보세요.

년   월   일

#03

나 하늘로 돌아가리라
아름다운 이세상 소풍 끝내는 날
가서, 아름다웠더라고 말하리라

사진 고명희 · 시 천상병 〈귀천〉

황도

아이들이 효도하는 것일까. 한 명이 감기에 걸리더니 일주일 정도 지나 다른 아이가 감기로 앓습니다. 셋째가 나을 때 되니 이젠 첫째가 아픕니다. 한꺼번에 아프면 엄마 아빠 힘들까봐 교대로 아픈가 봅니다. 아이들은 아프면 칭얼댑니다. 엄마가 자기 옆에만 붙어 있으라고 성화를 부립니다. 얼마 전 막내아들이 심하게 칭얼대 몇 마디 혼을 내는데 어머니가 끼어듭니다.

"너도 똑같았어. 기억 못 하지? 쯧쯧. 지 생각은 못 하고 애만 혼내고 있니."

자주 듣던 말인데도 그날따라 다른 느낌으로 다가옵니다. 어머니가 저토록 힘들게 나를 키우셨구나. 그날 저녁 통닭을 한 마리 시켰습니다. 닭다리를 손으로 잡기 편하게 호일로 감은 어머니께 건넸습니다.

언제고 생선을 튀기면서 '생선 머리가 제일 영양가 좋고 맛있는 부위' 라던 어머니의 거짓말을 왜 모르겠습니까. 자식을 위해 과자를 사곤 하면서도, 어머니를 위해 황도 한 개 사오는 것을 자주 잊곤 하는 모습이 죄송할 뿐입니다.

사랑하는 사람들에게 들려주고 싶은 이야기를 적어보세요.

년   월   일

#04

삶은 심지어 단 한순간도
제자리에 머물러 있지 않습니다
사진 문병희 글 감포롸

갖지 못한 우윳빛

한가한 어느 일요일입니다. 뉴스 채널을 보고 있는데, 아이가 어린이 만화영화 검정고무신으로 채널을 돌립니다.

"아빠도 아빠가 보고 싶은 거 보면 안 될까?"

그러자 큰아이가 답합니다.

"뉴스는 이따도 계속하잖아. 이건 지금 하면 안 한단 말야."

그 말도 맞는 것 같아 같이 만화를 봅니다. 1960년대 어려웠던 시대를 조명한 만화입니다. 만화 주인공은 새벽 신문 배달을 하다가 우유배달부가 놓고 간 우유를 보고, 마시고 싶은 욕망과 싸우다가 그냥 지나갑니다. 그 주인공의 마음을 풍족한 시대를 사는 지금 아이들이 얼마나 이해할 수 있을까 생각해봅니다.

일본에서의 유학 시절, 한 푼이라도 아끼려고 쩔쩔맬 때였습니다. 아르바이트를 하느라 뛰어다니다가 목이 몹시 마르던 차에 어느 집 문 앞에 놓인 우유가 눈에 들어왔습니다. 플라스틱 박스에 아이스 팩을 함께 넣어둔 까닭에 우유가 너무도 시원해 보였습니다. 결국 유혹을 참지 못하고 몰래 마셨습니다. 그날 저녁 생각해보니 우유배달부는 우유가 배달되지 않았다고 생각한 그 집 주인의 항의를 받았을 거란 생각이 들었습니다. 문득 어렸을 적 어머니가 새벽에 우유가 가득 실린 리어카를 끌고 집을 나서던 기억이 떠올라 무척 괴로웠습니다. 다음 날 아침 그 집에 메모를 남겼습니다.

'죄송합니다. 어제 너무 배가 고파 몰래 우유를 마셨습니다. 죄송합니다.'

지금도 그 집 주인과 우유배달부에게 정말 죄송합니다. 우유값을 지불할 수 있으면 좋으련만, 오래된 이야기가 돼버렸습니다. 이생에서 값을 못 치렀으니, 다음 생에 만나면 그 값을 치러야겠지요.

사랑하는 사람들에게 들려주고 싶은 이야기를 적어보세요.

년   월   일

현재 나의 생활만족도 점검해보기

생활만족도란 생활의 여러 측면에 대한 만족도입니다. 일반적으로 건강, 경제, 문화, 가족 관계, 안전 등의 여러 항목에서 느끼는 만족도입니다.

최근 실시된 설문과 통계를 종합해보면 한국은 가장 많이 일하고 가장 적게 자지만, 가난한 사람은 많고 자살률은 높은 병든 사회일 뿐 아니라 삶의 질은 최하 수준의 행복하지 않은 사회로 분류됩니다. 정말 살기 힘든 나라입니다. 그러나 모든 것은 마음에 달렸다[一切唯心造]고 합니다. 현재 내가 느끼는 생활만족도를 점검해보고 항상 행복하게 살기 위해 노력해 보시기 바랍니다.

다음 페이지에 있는 설문(출처 : 〈죽음준비학교 사업보고서〉, 서울시노원노인종합복지관, 2006)을 완성하신 분은 자신이 표기한 것을 하나하나 짚어보면서 그 원인을 생각해보시기 바랍니다. 그리고 심각한 우울증으로 삶에 대한 의욕이 없으신 분은 전문가와의 상담을 권합니다.

- 한국생명의전화 ☎ 1588-9191　www.lifeline.or.kr
- 한국자살예방협회 ☎ 02-763-9191　www.counselling.or.kr
- 한국노인복지시설협회 ☎ 02-712-9763　www.elder.or.kr
- 한국여성상담센터 ☎ 02-953-2017　www.iffeminist.or.kr
- 대한가정법률복지상담원 ☎ 02-2697-0155, 3675-0142~3
　http://lawqa.jinbo.net
- 경기도노인종합상담센터 ☎ 031-222-1390　http://noinmaum.or.kr
- 가정문화원 ☎ 02-562-7942　www.familyculture.net
- 나누리 ☎ 02-546-7101　www.nanuri.org
- 보리원 ☎ 055-586-1236　www.borewon.com
- 남성의소리 ☎ 041-572-0115　www.namsori.or.kr

다음은 지나온 인생과 현재 및 미래의 생활에 관한 여러 가지 항목입니다. 자신에게 해당하는 내용에 〈전혀그렇지않다 / 그렇지않다 / 보통이다 / 그렇다 / 매우그렇다〉 표시를 해보세요.

01. 지난 평생을 돌아볼 때 후회되는 일이 별로 없다.

02. 내가 지금까지 살아온 평생은 성공적인 편이다.

03. 나는 다른 사람들보다 다복한 편이다.

04. 나는 내 동갑내기들보다 어리석은 판단을 많이 내리는 편이다.

05. 내가 생각하기에 내가 살아온 길을 되돌아보면
　　이루어 놓은 것이 별로 없다.

06. 내가 살아온 평생은 힘들고 괴로워서 생각도 하기 싫다.

07. 요즘 살맛이 난다.

08. 나이를 먹어가면서 보니 세상사가 생각했던 것보다 좋은 것 같다.

09. 요즘은 내 인생에서 가장 즐거운 때이다.

10. 현재 내 생활 방식에 만족한다.

11. 매일의 생활이 따분하고 지루하다.

12. 요즘 나는 모든 게 짜증나고 귀찮다.

13. 요즘 나는 기쁜 일보다 슬픈 일이 더 많다.

14. 요즘 나는 화내는 빈도가 많아진다.

15. 나는 오래오래 살고 싶다.

16. 앞으로 살아가는 데 희망이 있다.

17. 앞으로 살아가면서 더 재미있고 즐거운 일이 많이 생길 것 같다.

18. 앞으로 살아가면서 내가 할 만한 일은 거의 없을 것 같다.

19. 앞으로 살아가면서 나는 가치 있고 의미 있는 일은
　　더 이상 할 수 없을 것 같다.

20. 더 이상 나이를 먹는 것보다 죽는 게 나을 것 같다.

#05

사시(四時)가 운행되고
만물이 생장한다
하늘이 무슨 말을 하던가

전통적인 죽음과
종교에서의 죽음

전국에 십여 군데의 죽음 체험관이 있습니다. 체험관에 들어서면 우선 유서를 쓰도록 합니다. 처음 호기심에 시작한 사람이라도 유서라는 말에 진지해집니다. '쓸 게 뭐 있나' 하고 시작한 글은 어느새 빈 종이를 빼곡히 메꿉니다. 그다음 관에 들어갑니다. 겨우 몸 하나 누울 정도의 좁은 관에 누우면 뚜껑이 덮이고, 관에 못질하는 소리까지 들립니다. 잠시 후 뚜껑을 열고 일어서면 업경대가 눈앞에 어른거립니다. 마치 지나온 나의 생을 낱낱이 파헤치는 느낌입니다. 그다음은 어둡고 좁은 길을 지나야 합니다. 한참을 가다보면 두 갈래 길이 나옵니다. 지옥과 극락천당으로 나뉘는 갈림길에서 대부분의 사람은 극락의 문을 엽니다. 어찌 보면 뻔한 설정이지만, 그곳을 지나온 사람들은 진지합니다. 소리 내어 엉엉 우는 사람도 많습니다.

죽음 체험관은 사후세계를 알리는 데 목적이 있는 것이 아닙니다. 사후세계를 간접 체험함으로써, 현재 나는 잘 살고 있는지 돌아보게 하는 것이 목적입니다.

이런 점은 종교의 죽음관과도 비슷합니다. 기독교에서 '죽음'

은 죄의 값이고 그 죽음은 부활하기 위한 것입니다. 하느님의 자녀이므로 그에 합당한 바른 삶의 가치를 추구하라고 말합니다. 불교에서는 연기법을 통해 모든 것은 인연 따라 일어난다고 합니다. 즉 모든 현상은 그 원인과 그에 따르는 결과가 있다는 것입니다. 그래서 항상 나를 돌아보며 바른 삶을 추구해야 한다고 가르칩니다. 조선시대를 지배한 유교에서는 제사라는 의식을 통해 정기적으로 망자와 교류를 합니다. 망자는 제사를 통해 현생에 참여하게 되고 살아 있는 자는 이 의식을 통해 망자와 삶과 추억을 공유하게 됩니다. 조상을 뵐 면목을 위해 살아 있는 자는 열심히, 바르게 살아야 한다는 가르침을 추구합니다.

종교의 죽음관을 찬찬히 살펴보면 하나의 공통점을 발견하게 됩니다. 죽음이라는 두려운 존재를 이야기하면서, 결국은 어떻게 살 것인가라는 질문을 끊임없이 던집니다. 동시에 현재, 내 삶을 돌아보게 합니다.

웰다잉well-dying은 여기에서 출발합니다. 죽음이라는 단절 의식을 통해 우리는 두려움을 갖게 되고, 그 두려움을 최소화하기 위해 종교를 찾습니다. 종교는 '지금 살아 있는 동안에 잘 살아야 한다'고 가르칩니다. 결국 삶의 모습을 되돌아보게 합니다.

죽음은 형벌이 아닙니다. 또 태어나는 일과 달리 선착순도 아닙니다. 언제 어떤 모습으로 다가올지 모르는, 하지만 반드시 다가오는 일이 바로 죽음입니다. 감옥에 가거나, 하기 싫은 일을 하거나, 먹기 싫은 음식을 먹어야 하는 곤욕스런 일도 아닙니다. 누구나 겪기 때문에 아주 자연스러운 일입니다.

우리가 살고 있는 이 지구도 언젠가는 죽음을 맞이할 것입니다. 그때는 수천 년 전해온 문화유산도, 여러 기록을 담은 책도 의미가 없습니다. 반대로 하루살이도 자신을 해치려는 벌레로부터 달아나기 위해 최선의 노력을 기울입니다. 아주 모순되면서도 절대 규칙에서 벗어나지 않는 것, 바로 죽음입니다. 그러나 두려워할 필요는 없습니다. 다만 최선을 다하지 못한 삶을 안타까워할 뿐입니다.

사랑하는 사람들에게 들려주고 싶은 이야기를 적어보세요.

년　　월　　일

#06

인간으로서 우리는

원하는 것을 얻지 못해서 괴롭고,
가지고 있는 것을 잃을까 괴롭습니다.

마음으로 하는 기도

일본 아동작가 하마다 히로스케의 단편 동화집인 《울어 버린 빨간 도깨비》에 실린 내용입니다. 일본 유학 시절 읽었는데, 내용이 너무 좋아 우리나라에도 번역해 소개한 바 있습니다.

어느 산에 밥도둑 여우가 살고 있었어요. 여우는 주지스님이 없는 날이면 대웅전에 들어가 보시물을 훔쳐 먹곤 했지요. 그날도 주지스님이 출타한 틈을 타 대웅전에 들어갔는데, 마침 눈과 귀가 먼 할머니 한 분이 찾아왔습니다. 여우를 주지스님으로 착각한 할머니는 세상을 떠난 남편을 위해 기도를 올려 달라고 부탁합니다. 난감해 하던 여우는 할머니를 위해 무언가 하고 싶다는 생각을 합니다. 여우는 주지스님 흉내를 내어 '캥캥' 거리며 불경을 외우고 목탁을 두드립니다. 한참을 그러고 나서 기도가 끝나자 할머니는 아주 행복한 미소를 지으며 돌아갔습니다.

기도는 마음으로 하는 것입니다. 영어, 일본어, 중국어, 한국어가 서로 다르듯, 기도를 올리는 언어와 형식은 조금 다를 수 있습니다. 하지만 기도를 올리는 지극한 마음은 모두 같을 것입니다.

우리집 부엌 가스레인지 한편에, 언제부턴가 물 한 그릇이 놓여 있습니다. 얼마 전에야 그 의미를 깨달았습니다. 예전 시골 부엌 한켠에 정화수를 떠놓고 기도를 올리던 오랜 습관이, 입실 부엌에도 이어지고 있었던 것입니다. 어머니는 매일 새로 물을 뜨면서 기도할 터이지요. 가족이 행복하게 먹을 수 있는 음식을 만들겠다고 말입니다.

여우의 캥캥거리는 소리건 주지스님의 염불이건 이에 연연하지 않습니다. 사별한 남편을 위해 기도를 올리던 할머니의 마음에는 진정이 담겨 있습니다. 성당에서 하느님께 혹은 법당에서 부처님께, 서로 다른 대상에게 기도를 올리지만 이를 구분할 필요는 없는 것 같습니다. 남을 배려하는 지극한 마음으로 살겠다는 서원만 같다면 말입니다.

사랑하는 사람들에게 들려주고 싶은 이야기를 적어보세요.

년   월   일

나이는 아무런 의미가 없다.

제일 좋은 곡은 가장 오래된
바이올린으로 연주한다.

아버지의 호박

어느 해 봄이었습니다. 병 치료 겸 두어 달 시골집에 머물던 아버님을 뵈러 갔더니 두엄 썩는 냄새가 코를 찔렀습니다. 재래식 화장실에서 거둔 분뇨를 겨우내 삭혀 밭에다 거름을 준 것입니다. 두엄은 그해 가을 풍성한 호박을 길러냈습니다.

백여 평의 밭에서 자란 호박은 크고 많이 열렸습니다. 결국 소형 트럭을 빌려 도시로 옮겨와야 했지요. 아버지는 그 호박을 이웃에게 골고루 나눠줬습니다.

호박을 골고루 나눠준 그해 겨울, 아버지는 영영 못 올 먼 길을 떠나셨습니다. 이듬해 봄 아버지 생각에 호박씨를 밭에 뿌렸습니다. 올 가을에도 호박을 거둘 수 있으리라 생각하면서…….
그리고 아주 가끔 시골집에 들러 호박이 잘 자라는지 잡초 사이를 떠들쳐 보기만 했습니다.

지난해 그 많은 호박을 길러냈던 밭이었으나, 올해는 겨우 서너 개를, 그것마저도 아주 작은 호박을 수확했을 뿐입니다.

시장 한켠에 쌓여 있는 호박을 보면서 아버지가 키웠던 호박을 떠올려봅니다.

사랑하는 사람들에게 들려주고 싶은 이야기를 적어보세요.

년 월 일

#08

얼마나 어리석은 일입니까
내일의 모든 계획을 짠다는 것이
사실 우리는 내일 어떤 일이 일어날지
모르지 않습니까

사진 데오의 집 세네카

국수경과 호박경

스님들도 때론 다툴 때가 있습니다. 어느 날 갓 출가한 두 스님이 다투기 시작했는데, '관세음보살'이 맞는지 '관세암보살'이 맞는지를 두고 다퉜답니다. 두 스님이 서로 다른 주장만 펴니 결론이 날 수 있었겠습니까. 결국 결론을 내지 못한 두 스님은 날이 밝는 대로 윗 암자에 계신 큰스님께 묻기로 했습니다.

그날 저녁 한 스님이 몰래 국수를 삶아 큰스님께 갔습니다.

"스님, 이런이런 일이 있었는데, 내일 묻거든 관세음보살이 맞다고 해 주세요."

국수를 잘 자신 큰스님은 '그러마' 했습니다.

또 다른 스님도 호박죽을 쑤어 큰스님을 찾아가 똑같은 이야기를 했습니다. 큰스님은 역시 '맛있게 잘 먹었네. 알았네' 라고 대답했습니다.

다음 날 아침 두 스님은 큰스님을 찾아갔습니다. 내심 큰스님이 자신이 옳다고 할 것이라 기대했지요.

"내가 알기로 〈국수경〉에는 관세음보살로, 〈호박경〉에는 관세암보살로 나온다."

큰스님은 말을 하곤 껄껄 웃었답니다. 순간 두 스님은 크게 깨우쳤다고 합니다.

달을 가리키는 손가락을 보지 말고, 달을 바라보라는 말이 있습니다. 어떤 일로 다투는 사람들의 이야기를 제3자의 입장에서 들어보면 별일 아닌 경우가 많습니다. 하지만 다투는 당사자들은 중요한 문제라고 서로 이야기합니다. 서로 이야기하려던 본질은 어디론가 사라지고 말꼬투리만 남습니다. 망상이고 분별입니다. 관세암이면 어떻고, 관세음이면 어떻습니다. 온 마음을 다해 열심히 기도하면서 내면의 깨달음을 찾아가는 길이 중요할 것입니다.

사랑하는 사람들에게 들려주고 싶은 이야기를 적어보세요.

년   월   일

나의 죽음 불안 척도는 얼마일까?

다음을 읽고 묻는 항목이 나 자신에 대해서 옳다고 생각되면 'O', 옳지 않다고 생각되면 'X'를 표시해보세요.

죽음에 대한 인지 · 정서적 반응

01. 죽는다는 것이 너무 두렵다.

02. 죽은 뒤에 어떻게 될지 심히 걱정이 된다.

03. 내가 앞으로 어떻게 될지 두렵다.

04. 죽는다는 생각을 거의 하지 않는다.

05. 다른 사람들이 죽음에 대해서 이야기를 해도 신경쓰지 않는다.

06. 나는 죽는다는 것이 전혀 두렵지 않다.

07. 죽는다는 것 때문에 마음이 불편해지는 경우는 없다.

시간의 흐름이 빠름에서 오는 불안

01. 내가 암에 걸릴 것이라는 걱정을 전혀 하지 않는다.

02. 시간이 너무 빨리 지나는 것 같아 걱정이다.

03. 아주 고통스럽게 죽을까봐 걱정이 된다.

04. 내가 심장마비로 죽을까봐 걱정이 된다.

05. 인생이 너무 짧다는 생각이 자주 든다.

06. 큰 전쟁이 일어날지도 모른다는 이야기를 들으면 몸서리가 쳐진다.

신체적 변화에 대한 불안

01. 죽은 사람의 시신을 보면 소름이 끼친다.

02. 수술을 해야 하는 상황을 생각하면 무서워진다.

출처 : 〈죽음준비학교 사업보고서〉, 서울시노원노인종합복지관, 2006

내가 생각하는 죽음에 대해 짧은 한문장으로 정의해보세요. 그리고 그 이유에 대해 짧게 써보세요.

★ 내가 생각하는 죽음은

★ 그 이유는

내가 생각하는 죽음에 대해 짧은 한문장으로 정의해보세요. 그리고 그 이유에 대해 짧게 써보세요.

★ 내가 생각하는 죽음은

THIRST
পিপাসিত

#09

아버지 손에
제 영혼을
맡기나이다

죽음, 어떻게 받아들여야 할 것인가

입원한 지 나흘째 되던 날, 그녀는 비로소 나와 함께 삶의 보따리를 싸기 시작했다. 예쁜 발찌도 빼고 옷이랑 그림, 종이학 천 마리 등등. 하지만 예쁜 백금 귀고리는 여전히 걸고 있었다.

"귀고리는?"

"스님, 귀고리는 빼지 마세요."

"왜?"

"다음에 제가 정토에 찾아오면 스님이 날 어떻게 알아봐요. 귀고리를 하고 와야 저인 줄 알지요."

"그래. 그게 좋겠구나!"

"우리 그때 다시 만나요."

충북 청원에서 이승과 저승의 간이역을 운영하고 있는 능행 스님이 호스피스 치유 과정 경험을 담은 책《섭섭하게, 그러나 아주 이별이지는 않게》에 실린 이야기입니다. 이 이야기의 주인공은 갓 스물이 된 아가씨입니다. 그 아이를 바라봐야 하는 어머니, 아버지의 심정은 어떠했을까요? 수년 전, 사촌 동생이 백혈

병으로 고생을 하다 끝내 희망의 끈을 놓아버렸습니다. 골수이식을 받고, 각종 항암 치료로 고생고생을 하다가 막 회복이 되려는 즈음이었습니다. 약으로 인해 약해질 대로 약해진 뇌혈관이 터져 뇌사에 빠졌습니다. 병원에서는 서둘러 조치를 취했습니다. 혈압이 떨어지면 혈압을 높이고, 심장이 박동을 멈출라치면 다시 심장을 뛰게 만들었습니다. 그렇게 한 달이 지났습니다. 곧 죽을 것 같던 동생은 그렇게 한 달을 살았습니다. 지쳤습니다. 부모도, 동생도. 중환자실 밖에서 동생을 지켜보면서 '과연 이것이 인간다운 죽음인가' 하는 의문이 들었지만, 차마 말을 꺼낼 수 없었습니다. 한 달이 지난 후 처치를 중단하고서야 동생은 편안한 몸이 될 수 있었습니다.

그런 점에서 김수환 추기경이 선종의 순간 사회에 던진, '인간답게 죽을 권리'에 대한 메시지가 고맙고 또 고마웠습니다. 모든 생명은 태어나, 행복한 삶을 누리다가 잘 죽을 권리가 있습니다. 그러기 위해서는 죽음을 받아들이는 사회적 분위기도 중요하며, 평상시 죽음에 대한 자세도 중요합니다.

최근 우리 모습은 어떠합니까? 시한부 인생을 선고 받은 사람은 마치 쓸모없는 물건처럼 내팽개쳐집니다. 간병을 하더라도 환자의 병명부터 알아보고, 혹 전염성이 있으면 회피하는 부끄러운 자화상입니다.

이런 현상은 죽음과 질병을 무조건 피해야 할 두려운 현상으로 보는 의식이 근저에 자리하고 있기 때문입니다. 사람들이 죽음을 두려워하는 것은 자기 자신이 죽음을 '두려운 것' 으로 단정했기 때문입니다. 죽음을 인간의 적이 아니라 친구이자 삶의 일부로 인정해야 합니다. 인간은 태어날 때 죽음을 잉태하고 태어납니다. 따라서 죽음은 밖에서 다가오는 실재가 아니라 내 안에서 자라다가 마침내 성숙해져 삶을 완성시키는 마지막 단계입니다.

년　　월　　일

오! 사람의 영혼이여, 잊지 마세요.

#10

당신에게는 날개가 있답니다.

내 얼굴 까먹지 말아요

늦은 퇴근입니다. 아이들은 벌써 잠이 들었습니다. 옷을 갈아입고 무심결에 거울을 보니 메모가 한 장 걸려 있습니다. 큰아이가 쓴 글입니다.

"할아버지저 희주예요. 제가나중에 하늘나라 갈 때까지 얼굴 까먹으면안돼요. 아빠는 오늘도 술 먹고늦게와요. 할아 버지가 있으면 같이 놀아줄텐데.
– 보고 싶은희주가"

짧은 메모를 읽다 울컥 눈물이 쏟아집니다. 그분이 보고 싶습니다. 다른 가족이 잠에서 깨어날까 봐 소리 죽여 한참을 울고 나서 마음을 달래봅니다.

사랑하는 사람들에게 들려주고 싶은 이야기를 적어보세요.

년   월   일

부처님은 욕심을 버리기 위해 고행을 했습니다.
우리는 욕심을 채우려고 죽을 고생을 합니다.

부처님과 범부의 차이입니다.

한 가정을 이끌어 나가는 사람

도로변에 은행나무들이 나란히 서 있습니다. 한날한시에 심은 것인지 크기도 비슷합니다.

그런데 은행나무에 달려 있는 잎의 개수를 보면 인근의 두 나무가 사뭇 다릅니다. 가장자리에 있는 나무는 잎을 거의 떨구었지만, 바로 옆 나무는 아직도 많은 잎사귀를 매달고 있습니다. 가장자리 나무가 늦가을의 삭풍을 대부분 막아줬기 때문에, 옆 나무는 아직도 많은 잎을 간직하고 있는 것이 아닐까 어림짐작해봅니다.

가장이란 말 속에는 '한 가정을 이끌어 나가는 사람'이라는 뜻을 담고 있습니다. 소년소녀가장들은 힘겨운 겨울을 또 어떻게 보낼지. 그나마 나이가 들어 가장이 된다면 좀 나을 터인데….

가장자리 은행잎을 보면서, 힘겹게 세상의 바람을 맞아가며 살아가는 소녀가장을 떠올려봅니다.

가장의 무거운 짐을 형제 간, 가족 간에 서로 조금씩 나누어 짊어지면 행복한 짐이 될 수 있습니다. 오늘은 배곯고, 추위에 떨어야 하는 아이들이 없기를 기도해봅니다.

사랑하는 사람들에게 들려주고 싶은 이야기를 적어보세요.

년   월   일

#12

세상에서 제일 큰 기쁨은 시작입니다

세상에서 제일 아름다운 것은 삶입니다

사진 안정수 글 채자레 파브제

가랑비와 이슬비

봄비를 구경하던 어머니가 돌아앉더니 갑자기 이야기 하나 하겠답니다.

한 며느리 집에 시어머니가 와서 며칠 묵었습니다. 며느리는 영 불편했지만 가시라고 내색도 하기 어렵고, 시어머니는 통 시골집에 갈 생각을 안 하시는 듯했습니다.
그러던 어느 날 비가 내렸습니다.
"어머니, 시골집으로 내려가시라고 가랑비가 오네요."
그러자 시어머니가 답했습니다.
"아니다, 아가. 여기 계속 있으라고 이슬비가 오는구나."

짧은 이야기지만 재치 넘치는 이야기에 저와 아내는 한참을 웃었습니다. 사물은 같은데 보는 사람에 따라 저리도 다르게 생각할 수 있구나.
바람에 흔들리는 깃발을 두고 두 사람이 다툼을 했습니다. 한 사람은 바람이 움직이는 것이다, 다른 사람은 깃발이 움직이는 것이라고 다퉜습니다. 이를 보던 스승이 두 제자에게 말했습니다.

"움직이는 것은 깃발도, 바람도 아니다. 바로 네 마음이 움직이는 것이다."

같은 한 사람을 두고, 왜 누구는 착한 사람이라고 칭찬하고, 누구는 허물을 이야기할까요? 어떤 현상이든지 그 사물의 본질은 그대로인데 이를 보는 사람의 마음은 많이 다른 것 같습니다.

당신은 당신을, 주변을, 이 세상을 어떻게 바라보고 있는지요.

사랑하는 사람들에게 들려주고 싶은 이야기를 적어보세요.

년   월   일

뇌사란 무엇인가?

뇌사 판정 기준은 각 국가의 사정에 따라 조금씩 다르지만 큰 기본 원칙은 같습니다. 우리나라의 경우는 다음과 같습니다.

뇌사 판정 기준(장기 등 이식에 관한 법률 제16조)

제16조 (뇌사의 판정등)

① 뇌사판정기관의 장은 제15조 제1항의 규정에 의한 뇌사판정의 신청을 받은 경우에는 지체 없이 현장에 출동하여 뇌사판정대상자의 상태를 파악한 후 보건복지가족부령이 정하는 바에 따라 전문의사 2인 이상과 진료를 담당한 의사가 함께 작성한 뇌사조사서를 첨부하여 뇌사판정위원회에 뇌사판정을 요청하여야 한다. 〈개정 2006.9.27, 2008.2.29〉

② 제1항의 규정에 의하여 뇌사판정의 요청을 받은 뇌사판정위원회는 전문의사인 위원 2인 이상을 포함한 재적위원 과반수의 출석과 출석위원 전원의 찬성으로 뇌사판정을 한다. 이 경우 뇌사판정의 기준은 별표(법제처 www.moleg.go.kr 홈페이지에서 내용을 확인할 수 있습니다)와 같다. 〈개정 2006.9.27〉

③ 뇌사판정위원회는 뇌사판정을 위하여 필요하다고 인정하는 경우에는 뇌사조사서를 작성한 전문의사와 진료를 담당한 의사로 하여금 뇌사판정위원회에 출석하여 의견을 진술하게 할 수 있다.

④ 뇌사판정위원회는 제2항의 규정에 의하여 뇌사판정을 한 경우에는 대통령령이 정하는 바에 의하여 출석위원 전원이 서명 또는 기명날인한 뇌사판정서 및 회의록을 작성하고 이를 뇌사판정기관의 장에게 제출하여야 한다.

⑤ 뇌사판정기관의 장은 제4항의 규정에 의하여 뇌사판정서 및 회의록을 제출받은 때에는 그 사본과 보건복지가족부령이 정하는 자료를 국립장기이식관리기관의 장에게 송부하여야 하며, 뇌사판정 신청자에 대하여는 뇌사판정서의 사본을 송부하여야 한다. 〈개정 2008.2.29〉

출저 : 법제처, 국가법령정보센터, 2009.9.3

안락사란 무엇인가?

안락사란 의학적으로 치료가 불가능한 환자의 고통을 덜어주기 위한 목적으로 환자 본인 이외의 사람이 환자에게 죽음을 초래할 물질을 투여하는 등의 인위적 적극적인 방법으로, 자연적인 사망과정 시기보다 앞서 환자를 사망에 이르게 하는 행위를 말합니다. 우리나라뿐만 아니라 세계 모든 나라에서 불법 행위로 인정하고 있습니다. 그러나 몇몇 국가나 미국의 오리건Oregon 주에서 인정하고 있습니다. 안락사는 시술 방식에 따라 네 가지로 분류합니다.

1. 적극적인 안락사

환자가 원하든 원하지 않든 간에 환자의 사망과정에 의사가 직접적으로 관여하여 환자를 사망에 이르게 하는 행위입니다.

2. 간접적 안락사

환자의 생명이 단축될 염려가 있음에도 불구하고, 환자의 고통을 완화시킬 목적으로 처리를 한 결과 그 (의도하지 않았으나) 예상된 부작용으로 인해 환자가 사망에 이르게 한 행위입니다.

3. 소극적 안락사

죽음에 직면한 환자에 대한 '치료를 중지' 하거나 생명유지장치를 제거함으로써, 환자가 죽게 내버려두는 행위입니다.

4. 의사도움자살

환자가 자신의 생명을 끊는 데 필요한 수단이나 그것에 관한 정보를 의사가 환자에게 제공함으로써, 환자 스스로의 행위로 죽음을 앞당기게 하는 행위입니다.

#13

여보게, 크리톤

아스클레피오스의술의 신에게

닭 한 마리를 빚졌다네

자네가 대신 갚아주게

사진 정다연 뉴욕 소크라테스

아름다운 죽음이란?

인도 갠지스 강은 끊임없이 삶과 죽음이 공존하는 공간입니다. 강 한쪽에서는 살아 있는 사람들을 위한 종교의식이 펼쳐지고 관광객이 한데 어울릴 수 있는 축제도 열립니다. 그리고 한편에서는 장례식이 진행됩니다. 나무를 쌓아 화장을 하며, 타고 남은 육신을 강으로 버립니다. 죽음을 피해야 하는 존재로 여기며 하다못해 장례식에 인사가는 것조차 꺼리는 사람이 많은 한국과는 매우 다른 모습입니다.

티베트 고원에서 만난 조장鳥葬의식은 충격적입니다. 인간 몸이 새를 통해 하늘로 간다는 인식에서 비롯된 것이 조장입니다. 의식을 집행하는 자는 날카로운 칼로 시체를 잘라 새들에게 먹이로 줍니다. 내장이 잘리고 살은 고깃덩이 취급을 당하지만, 한편으로는 경이롭습니다. 장사 지내는 걸로 관광객을 끌어들이는 나라도 있다며 일행에게 너스레를 떨었지만, 그 장면은 경건한 무언가를 전해주었습니다. 그리고 떠올린 것은 '육신이 참 덧없다' 는 옛말이었습니다.

각 나라의 관습에 따라 육신을 처리한다고 한다면, 그럼 영혼은 어떻게 처리해야 할까요. 육신은 살아 있는 사람들이 처리해야 할 몫이지만 영혼은 살아 있는 사람들이 어찌할 수 없는 개인의 영역입니다. 영혼은 죽은 다음에 처리할 수 없습니다. 죽기 전에 아름답게 가꿔야 할 존재입니다.

성형수술을 통해 육체를 어느 정도 아름답게 고칠 수는 있습니다. 하지만 영혼을 아름답게 만드는 것은 전적으로 자신의 손에 달려 있습니다.

언제 죽을지는 모르지만 어떤 마음으로 죽음을 맞이할 것인지는 정할 수 있습니다. 밝은 표정으로 웃으면서 죽음을 맞이할 수 있습니다. 단, 연습이 필요합니다. 마음의 연습이….

아버지를 살린 한 초등학생 꼬마 이야기가 신문에 실린 적이 있습니다. 아버지가 심근경색으로 쓰러진 경험이 있는 아이는 인터넷을 통해 심폐소생술을 공부하고는 평소에 연습을 했다고 합니다. 그러던 어느 날 아버지가 심근경색으로 쓰러지자 아이는 그동안 연습한 대로 침착하게 심폐소생술을 했고 구급차가 왔을 때는 아버지가 깨어나 목숨을 구할 수 있었다고 합니다.

연습이 없는 사람은 설사 지식을 알고 있다고 해도 당황스런 상황에서 대처할 수 없습니다. 삶과 죽음도 마찬가지입니다. 돈이 생겼을 때 어려운 사람을 돕겠다는 생각으로 선행을 미뤘다가는 선행 근처에도 가지 못합니다. 죽음에 임박해서야 가족에게 사랑한다 말을 전하는 무뚝뚝한 한국 남성들은 얼마나 가련합니까.

죽음을 미리 준비한다면 죽음이 두려워 공포에 젖어 고통에 몸부림치는 모습이 아닌 평화롭고 아름다운 마지막 모습을 남길 수 있을 것입니다. 그것이 아름다운 삶이자 아름다운 죽음입니다.

사랑하는 사람들에게 들려주고 싶은 이야기를 적어보세요.

년   월   일

#14

우리 모두는 별의 순례자이며

단 한 번의 즐거운 놀이를 위해
이곳에 왔습니다

밥값은 줘야지

창동역에서 의정부로 가는 국철을 기다리던 중이었습니다. 선선한 봄바람이 좋아 플랫폼을 천천히 걷고 있는데, 한 걸인이 다가왔습니다.

"아저씨, 나 배고파서 빵 사먹으려고 그러는 데 천 원만 줄래?"

그 걸인은 정신지체 증세가 있는 듯 보였습니다. 저는 여인이 불쑥 내민 손을 외면하고 고개를 돌렸습니다. 사실 이런 경우는 어떻게 해야 할지 판단이 잘 안 섭니다. 여인은 그런 제 모습에 아랑곳없이 옆에 서 있던 아이에게 가더니 아이가 들고 있던 과자 하나를 얻어갑니다. 그리곤 대화를 나누고 있는 두 할머니에게 천 원을 달라고 합니다.

"어머, 웬일이니. 버스비 아끼려고 무료 승차권 끊어서 전철 타려니까 이렇게 돈이 나가게 되네."

한 할머니가 얼굴에 웃음을 띠우며 장난스레 말합니다. 그리고 천 원짜리를 한 장 꺼내 그 여인에게 주었습니다. 여인이 가고 나서 친구인 다른 할머니가 타박을 합니다.

"왜 돈을 줘? 정신도 좀 나간 것 같은데."

“그럼 어떡하니. 배고파서 밥 사먹겠다는 데 밥값은 줘야지. 정
신이 나가든, 멀쩡하든 밥은 먹어야 살지. 우리도 어릴 땐 힘들
었잖아.”

그 대화를 들으면서 얼굴이 화끈거려 길게 뻗친 전철 레일만 쳐
다보고 있었습니다. 넉넉한 마음을 갖고 살아야 하는데, 저는
아직도 분별심이 강한 것 같습니다.

사랑하는 사람들에게 들려주고 싶은 이야기를 적어보세요.

년   월   일

#15

일하는 것이야
말로 살아가는
것입니다.
그리고 전 살아
가는 것을 사랑
합니다.

행복 만들기

아이들에게 가끔 과자를 사다주곤 합니다. 집에 들어서는 아빠에게서 '바스락' 거리는 비닐봉지 소리가 나면 아이들은 신이 나서 방 안을 뛰어다닙니다. 그런데 과자에 섞인 유해 물질이 알려지고 나서 저도, 아이들도 우울해졌습니다. 몸에 해로운 줄 알면서 그것을 사다 줄 무모한 용기는 없습니다.

주말에 가게에 갔다가 '도넛 가루' 를 발견했습니다. 기쁜 마음에 한 봉지 사와 아이들과 만들기를 합니다. 달걀, 우유를 넣고 가루를 반죽해 과자를 만듭니다. 토끼띠인 큰아이는 토끼 모양 과자를 제법 잘 만듭니다. 뱀띠 둘째는 길게 비벼놓고 뱀이라고 우깁니다. 막내는 하도 반죽을 주물러 흰 반죽 군데군데가 검은색으로 물들었습니다.

식용유 한 통을 몽땅 부어 과자를 튀겨냅니다. 설탕을 뿌려 먹으니 제법 훌륭한 과자가 됩니다. 우리는 엉망이 된 부엌을 치우는 안사람의 투덜대는 소리를 뒤로 하고 자기가 만든 과자를 찾아 먹기 바쁩니다.

어쩌면 행복은 조금 귀찮은 데 숨어 있는 것 같습니다.

사랑하는 사람들에게 들려주고 싶은 이야기를 적어보세요.

년   월   일

#16

비록 몸에는 병이 있더라도

마음에는 병이 없게 하라

쓰레기 도둑

낡은 싱크대를 바꿨습니다. 오랫동안 부엌을 지켜온 싱크대지만, 수명이 다했는지 문짝도 자주 떨어지고, 나무 틈새가 벌어져서 새것으로 바꿨습니다. 동사무소에 들러 폐기물 영수증 스티커를 사다가 붙여두었습니다.

그런데 어쩐 일일까. 싱크대를 수거해가지 않았습니다. 자세히 보니 영수증 스티커가 떨어졌습니다. 동네 좁은 길에 쓰레기를 오래 방치하는 것이 뭐해 바로 다시 사다 붙였습니다.

'어디 떨어졌겠지?'

하지만 스티커가 떨어진 흔적을 보니, 떼어간 모양입니다. 예전에는 옷이나 신발을 훔쳐가는 도둑이 있었습니다. 더구나 메이커가 있는 신발을 밖에 널어놓으면, 도둑의 표적이 되기 십상이었습니다. 그 신발을 갖고 싶던 학생이 몰래 가져갔겠지요.

한번은 저도 신발을 잃어버린 적이 있습니다. 전 메이커를 여지껏 사본 적도 없고, 상표를 봐도 메이커인지, 아닌지 전혀 모릅니다. 시장에서 산 싸구려 운동화였습니다. 그나마 몇 번 빨면 바닥이 새고, 종이를 압축해 만든 밑창이 떨어져 나가는 그런 신발이었는데 그것을 잃어버렸습니다.

"속상해 마라. 우리보다 힘든 사람이 가져갔겠지. 오죽 힘들면 가져갔을까."

저를 다독이던 어머니 말씀이 기억납니다.

"에이, 누가 쓰레기 영수증도 다 떼어가네."

투덜거리며 집에 들어오자 어머니가 웃으면서 말합니다.

"이제 쓰레기도 훔쳐가는 세상이네."

어머니의 넉넉함이 언제나 푸근합니다.

사랑하는 사람들에게 들려주고 싶은 이야기를 적어보세요.

년   월   일

무의미한 연명치료의 중단이란 무엇인가?

'무의미한 연명치료의 중단(존엄사)'은 말기 불치병 환자에게 '인공적인 연명치료'를 유보 또는 중단함으로써 환자가 자연사(自然死)의 임종과정을 밟게 하는 임종의료(臨終醫療)를 의미합니다. 여기에는 세 가지 전제가 따릅니다. 첫째 의학적으로 회복이 불가능한 중증환자의 말기라는 담당의사의 진단이 필요합니다. 둘째 환자 본인의 의사(사전의료지시서나 법적대리인의 위임장)가 필요합니다. 셋째 연명치료는 중단하더라도 환자의 생리기능 유지 및 통증 관리 등 완화의료의 시술은 계속 해야 합니다. 여기에서 중요한 것은 중환자 진료의 의료현장 의료행위에 있어서 '연명치료 중단'을 '치료 중단'과 혼동하지 말아야 합니다. 이는 치료를 포기하는 것이 아니라 환자의 고통을 덜 느낄 수 있게 해 인간으로서 존엄을 유지하고 임종을 맞이하게 하는 행위입니다.

그동안 이에 관한 무수한 찬반논란이 있었고, 앞으로도 이에 관련한 논란이 있을 것으로 예상됩니다.

사전의료지시서

환자의 의식이 없고 스스로 의사 표시가 불가능할 경우 환자의 의사결정을 하는 대리인이 누가 되느냐의 문제가 중환자의 임종을 앞두고 법정 논쟁의 핵심이 되고 있습니다. 이런 문제를 해결하기 위해 사전의료지시서의 작성이나 법적 대리인을 지정해 놓는 일이 필요합니다.

사전의료지시서

나 _____ (남/여, 주민번호 :   –   )은 현재 다음 주소에 거주하고
있으며, (현주소 :   ) 여기에 나의
희망으로 맑은 정신 하에, 앞으로 어떤 부득이한 사정으로 인해 나의 자의적인
의사표시가 불가능해질 경우를 대비해, 나를 치료하는 담당의사와 가족에게 다음
과 같은 '사전의료지시서'를 남기니, 본인의 소망대로 실행해주기를 바람.

1. 내가 의식이 없어진 상태가 되더라도, 기도 삽관이나 기관지절개술 및 인공기계호흡
   치료법은 시행하지 말 것이며,
2. 내게 암성질환이 있음이 진단되어 '항암요법'이 필요하다는 의료진의 판단이 있더라
   도, 항암화학요법은 시행하지 말 것(이는 항암화학요법의 효과를 불신해서가 아니라,
   나의 연령 때문임을 이해해 줄 것).
3. 그 외 인공영양법, 혈액투석, 더 침습적인 치료술도 시행하지 말 것.
4. 그러나 탈수와 혈압유지를 위한 수액요법과 통증관리 및 생리기능 유지를 위한 완화
   의료(緩和醫療)의 계속은 희망하며, 임종 시 혈압상승제나 심장소생술은 하지 말 것.
5. 기타 여기에 기술되지 않은 부분은 대한의학협회에서 공포하고 보완하고 있는 최근
   의 '임종환자 연명치료 중단에 관한 의료윤리 지침'에 따라 결정하고 의료진과 법의
   집행인은 나의 이상의 소망과 환자로서의 나의 권리를 존중하고 지켜주기를 바람.
6. 나는 이상의 나의 '사전의료지시서' 내용이 누구에 의해서 변조되지 않기를 원하며
   이 선언이 법적인 효력을 발휘할 수 있도록 가족에게 위임 발표하도록 하였음.

                                          20   년   월   일

환자 성명 :   서명 (도장)
가족 증인 : 성명 :   서명 (도장)

공증인 확인 : (법적인 효력을 위해 본인의 것이라는 공증인 확인이 필요함)

#17

너무 슬퍼하지 마라.

삶과 죽음이 모두
자연의 한 조각 아니겠는가?

죽음을 준비해야 하는 이유

갑작스런 죽음은 유가족에게 큰 상처를 줍니다. 제 아버님도 그렇게 생을 마감했습니다.

매우 춥던 어느 해 겨울, 금요일이었습니다.

"아버지, 내일 같이 남한산성에 가요. 좋은 식당도 많고 볼거리도 좋아요."

"그래. 애들이랑 같이 가자."

낮에 아버지와 나눈 마지막 대화였습니다. 그날 회사일을 마치고 새벽 1시쯤 집에 들어갔습니다. 늦은 술자리에 피곤함을 느끼며 막 잠자리에 누웠는데 핸드폰이 요란하게 울립니다. 동생이었습니다.

"아버지가 쓰러지셨대!"

"빨리 준비할게. 우리집으로 와라."

결혼 십 년만에 월세를 얻어 부모님과 떨어진 지 한 달만의 일이었습니다. 부모님 집과의 거리는 걸어서 불과 3분 정도. 전화를 받고 제가 한 행동은 샤워였습니다. 지금도 그 이유를 모르지만 왠지 그래야 할 것 같았습니다. 양복까지 차려입었습니다.

"이 녀석아, 아버지가 쓰러졌다는 데 뭐하는 짓이냐."

어머니의 야단이 이어졌지만, 그날은 왠지 그래야 할 것 같았습니다.

차 시동을 걸고서야 비상등을 켜고 신호등도 무시하고 달렸습니다. 병원에 도착했으나 아버지는 응급실에 없었습니다. 당직 의사에게 물으니 지하실로 가랍니다. 그곳은 차가운 영안실이었습니다.

담배를 물었습니다. 꿈같았습니다. 끊었던 담배를 한 갑이나 내리 피웠습니다. 그리고 울었습니다. 어머님의 울음 섞인 푸념이 들려왔습니다.

"불쌍한 양반. 올봄이면 도시 생활을 접고 낙향할 거라면서 날마다 이런저런 계획을 세우더니만…."

급히 삼촌이, 누나들이 달려왔지만 저는 아무것도 할 수 없었습니다. 무엇을 해야 할지도 몰랐고 고민하고 싶지도 않았습니다. 갑작스런 아버지의 죽음은 그렇게 가족을 쇼크 상태로 만들었습니다.

이별의 시간도 없이 갑자기 떠나고 나면, 유가족은 그 정에 서럽지만, 사회법에 따른 재산상속에서 개인적 금전 거래까지 정리하느라 한두 달 정신없이 보내야 합니다. 정작 일에 치여 고인을 추모할 시간도 없는 것이 현실이기도 합니다.

그렇다면 내가 죽은 후, 가족의 힘겨움을 덜어줄 수 있는 일은 무엇일까요? 평소 가족과 웰다잉well-dying에 대한 이야기를 나누면 급작스런 죽음에 가족이 공황 상태에 빠지지는 않을 것 같습니다. 그리고 재산 싸움으로 인해 가족 간 우애가 끊어지는 일은 없어야 할 것입니다. 그 외에도 가족의 힘겨움을 덜어줄 수 있는 일은 무엇이 있을까요? 한번 곰곰이 생각해보세요. 아마 가족마다 다를 것 같습니다. 이제 더 이상 죽음을 두려워하지 말고 준비해보세요.

사랑하는 사람들에게 들려주고 싶은 이야기를 적어보세요.

년　월　일

#18

자신의 진정한 모습을 아는 것은

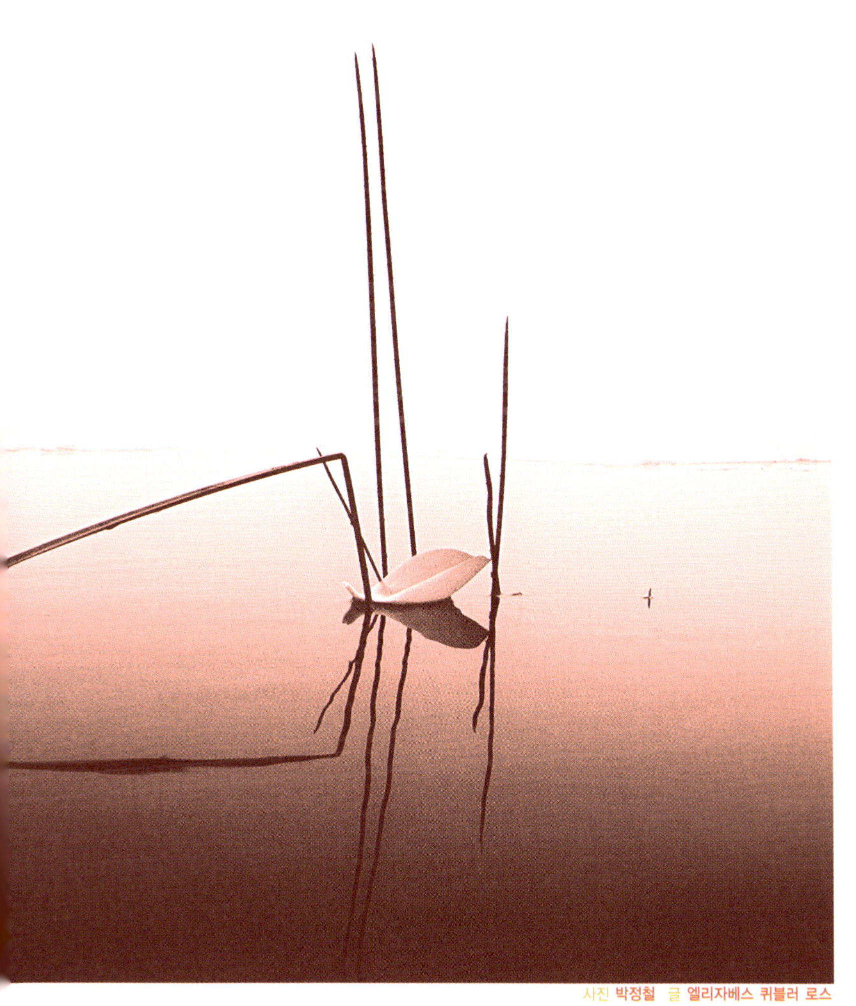

쉬운 일이 아닙니다.

아버지와의 통화

둘째 아이가 유치원에 들어가더니 제법 장난을 칩니다. 얼마 전에는 밥상을 차렸다기에 기특한 마음에 부엌에 가보니, 밥상 위그릇 속에 그림이 가득합니다. 밥, 김치, 사과, 딸기 등 그림으로밥상을 차려놓고는 저보고 먹으라 합니다.

"예끼 이놈아."

그러자 딸애는 깔깔대고 웃습니다.

한번은 아이가 핸드폰을 빌리더니만, 한참 통화를 합니다. 누군가 물었더니 능청스레 답합니다.

"응, 외할머니야. 바꿔줄까?"

이제는 혼자 다이얼을 눌러 전화도 하는구나 싶어 기특한 마음에 받아보니 이런, 장난으로 전화하는 척한 것입니다.

"아빠, 속았지?"

아이는 또 깔깔깔 웃습니다. 그런데 핸드폰을 끄려던 제 눈에서는 눈물이 뚝뚝 떨어지고 말았습니다. 단축번호를 눌러 장난을친 것인데, 그 번호는 결번이었습니다. 제가 해지한 전화번호,바로 일 년여 전에 돌아가신 아버지 전화번호였습니다.

'아빠. 하늘나라에는 아직 전화가 없어?'

목소리라도 듣고 싶은 그분이 떠올라 핸드폰을 귀에 대고 한참
동안 멍하니 있었습니다. 누군가 하늘나라에 공중전화라도 한
대 만들어준다면 얼마나 좋을까요.

사랑하는 사람들에게 들려주고 싶은 이야기를 적어보세요.

년　　　월　　　일

#19

모든 것에도 불구하고

나는 아직도 인간의 마음이
선하다는 것을 믿습니다

Hot 콜라

자판기에서 'Cool'이 적힌 파란색 커피 버튼을 눌렀습니다. 그런데 기대와 달리 뜨거운 캔커피가 떨어져 나옵니다. 아직 관리자가 차가운 커피로 전환을 시켜놓지 않았나 봅니다.

십여 년 전의 이야기입니다. 학비를 보태려고 새벽에 신문 배달을 한 적이 있습니다. 학교 시간에 맞추려면 좀 뛰어다녀야 합니다. 오토바이에 휘청거릴 정도로 신문을 싣고 반 정도를 배달하고 나면 자판기가 있는 작은 공원이 나옵니다. 그곳에서 음료수를 마시는 것이 습관이 돼버렸습니다. 아직 사람이 없는 새벽, 캔이 떨어지는 소리는 왜 그리도 큰지.

그런데 하루는 뜨거운 콜라가 나오는 것이 아닙니까. 자판기 주인이 기계 조작을 잘못한 까닭이겠지만, 목마름을 참고 뛰어다니던 신문배달부에게는 참 화나는 일이었습니다. 가끔 누군가가 눈물 젖은 빵을 먹어봤느냐고 물을 때가 있습니다. 그럼 대답해 줍니다.

"뜨거운 콜라는 마셔봤어."

사랑하는 사람들에게 들려주고 싶은 이야기를 적어보세요.

년   월   일

\#20

시작하고 실패하는 것을 계속하세요
실패할 때마다 무엇인가 성취할 것입니다

원하는 것을 성취하지 못할지라도
무엇인가 가치 있는 것을 얻게 될 것입니다

돌탑 쌓기

주말, 시골에 갔습니다. 적당한 노동은 몸과 마음을 즐겁게 합니다. 쓰러진 나무를 모아 땔감으로 만들어 쌓아놓고, 물을 길어 나무에 주고 이런저런 노동을 하다보면 몸이 개운해집니다. 과하게 노동을 하면 몸에 병이 되지만, 즐겁게 하면 운동보다 더 좋은 약이 됩니다. 무엇보다 무언가를 이뤄가는 과정이 마음을 다스립니다. 언제나 다할까 하던 장작 쌓는 일이지만, 차곡차곡 쌓다보면 금세 한 아름 쌓이게 됩니다. 그래서 백장 스님은 '하루 일하지 않으면 하루 먹지 않는다' 라며 수행자는 항상 적당한 노동을 해야 한다고 가르쳤나 봅니다.

밭을 고르다보니 여기저기에서 돌이 많이 튀어나옵니다.

"돌탑이나 쌓아볼까?"

있는 돌을 처리하기 위해 탑을 쌓다보니 제법 재미가 들렸습니다. 큰 돌로 한 층을 둥그렇게 만들고 사이사이 구멍을 작은 돌로 메웁니다. 가끔 내가 임자라는 듯 척 들어맞는 돌을 보면 재미가 있습니다. 돌탑을 쌓기 전에는 큰 돌이 나오면 골칫덩이더니만 쌓다보니 돌이 모자라 땅을 파내고, 제법 큰 돌을 발견하면 기쁜 마음이 앞섭니다. 어느새 한나절이 흐르고, 일 미터 높이의 돌탑이 만들어졌습니다. 처음에는 무릎 높이 정도로 쌓을 생각이었는데 재미가 붙은 모양입니다. 해가 어스름해져서야 탑 쌓기를 멈췄습니다.

벌써 주말이 기다려집니다. 어서 내려가 마저 탑을 쌓고 싶습니다. 탑 사이사이 빈자리에 지나가는 사람들이 돌을 끼워 넣으면서 자신의 소원을 비는 모습을 상상해봅니다.

사랑하는 사람들에게 들려주고 싶은 이야기를 적어보세요.

년   월   일

상례 절차

상례란 사람이 일생에서 마지막으로 통과하는 관문으로 여기에는 고인에 대한 비애와 슬픔, 납관의 유무, 시신의 처리 및 매장법 준수 등 제반사항이 포함됩니다. 이는 복잡한 문화요소가 섞여 당시 사람들의 정신생활과 사회상이 반영된 관습으로 시대와 민족, 지역에 따라 그 방법이 다양하게 표현됩니다.

전통 상례 절차

❶ **초종** 임종을 맞을 준비를 하며 상례 절차를 진행하는 최초의 절차입니다.

❷ **습과 소렴·대렴** 고인에게 일체의 의복을 갈아입히는 절차를 습이라 하며 소렴은 시신을 묶는 절차입니다. 대렴은 시신을 모셔 입관하는 절차입니다. 습은 사망한 다음 날 하며 소렴은 그 다음 날, 대렴은 소렴 다음 날로 하는 것이 원칙이지만 요즘은 이 세 가지를 한꺼번에 하는 것이 관례입니다.

❸ **성복** 상주와 복인들이 상복으로 갈아입는 절차입니다.

❹ **치장과 천구** 치장은 장례를 위하여 장지를 택하고 묘광을 만드는 일이며, 천구는 발인하기 하루 전 영구를 옮길 것을 고하고 가묘에 고하는 모든 절차입니다.

❺ **발인과 반곡** 발인은 고인이 묘지로 향하는 절차이며, 반곡은 본가로 반혼하는 절차입니다.

❻ **우제와 졸곡** 우제는 고인의 시체를 매장한 후 혼이 방황할 것을 염려하여 거행하는 절차이며 졸곡은 무시곡을 마친다는 뜻이며 삼우를 지낸 후 강일에 거행합니다.

❼ **부와 소상·대상** 부는 졸곡을 지낸 다음 날 거행하는 것으로 고인을 이미 가묘에 모신 그의 조부모에게 부(祔)하는 절차입니다. 소상은 초상으로부터 13개월만인 초기일에 거행하는 상례입니다. 대상은 초상으로부터 25개월 만인 재기일에 거행합니다.

❽ **담제·길제** 담제는 대상을 지낸 다음다음 달 거행하는 상례이며 길제는 담제

를 지낸 다음 달에 거행합니다.

❾ **사당 · 묘제**　삼년상을 마친 뒤에는 신주를 사당으로 모시며, 묘소에서 거행하는 묘제를 지냅니다.

종교별 상례 절차

불교식 상례 절차

◉ 임종의례→ 수시→ 영좌 설치와 사성례→ 염습 및 입관→ 시식(성복례)→ 발인→ 다비(스님 장법)/화장(재가불자 장법)→ 반혼제→ 49재

영결식 절차 ◉ 개식→ 삼귀의례→ 고인 약력 소개→ 헌화·헌향→ 독경→ 축사→ 추도사→ 상주 및 조문객 헌화·헌향→ 축원→ 유가족 대표 인사말→ 추모의 노래(조가)→ 사홍서원

다비절차 ◉ 거불→ 거화→ 하화→ 봉송→ 십념→ 표백→ 창의편→ 기골→ 습골→ 쇄골→ 산골→ 환기본토진언→ 산좌송→ 반야심경

천주교식 상례 절차

생전에 영세를 받은 사람은〈성교 예규〉에 의하여 장례를 치르며 신자로서의 정신에 벗어나지 않는 한도 내에서 우리나라의 고유 풍습이나 장례의식을 존중하여 병행하기도 합니다.

◉ 종부성사(병자성사)→ 임종 전 대사→ 운명(殞命)→ 초상→ 위령 미사→ 염습과 입관→ 장례식→ 하관

개신교식 상례 절차

영결식 절차 ◉ 개식사→ 찬송→ 기도→성경 봉독→시편 낭독→신약 낭독→ 기도→고인의 약력 보고→주기도문→ 찬송→ 헌화→출관→하관

하관식 절차 ◉ 개식사→ 기원→ 찬송→ 기도→ 성경 봉독→ 기도→ 신앙 고백→ 취토→ 축도

※ 위에 명시한 상례 절차는 통상적인 절차로 절대적 기준이 될 수는 없습니다. 상례 절차는 지역, 문중, 종교, 종파 등에 따라 다릅니다.

#21

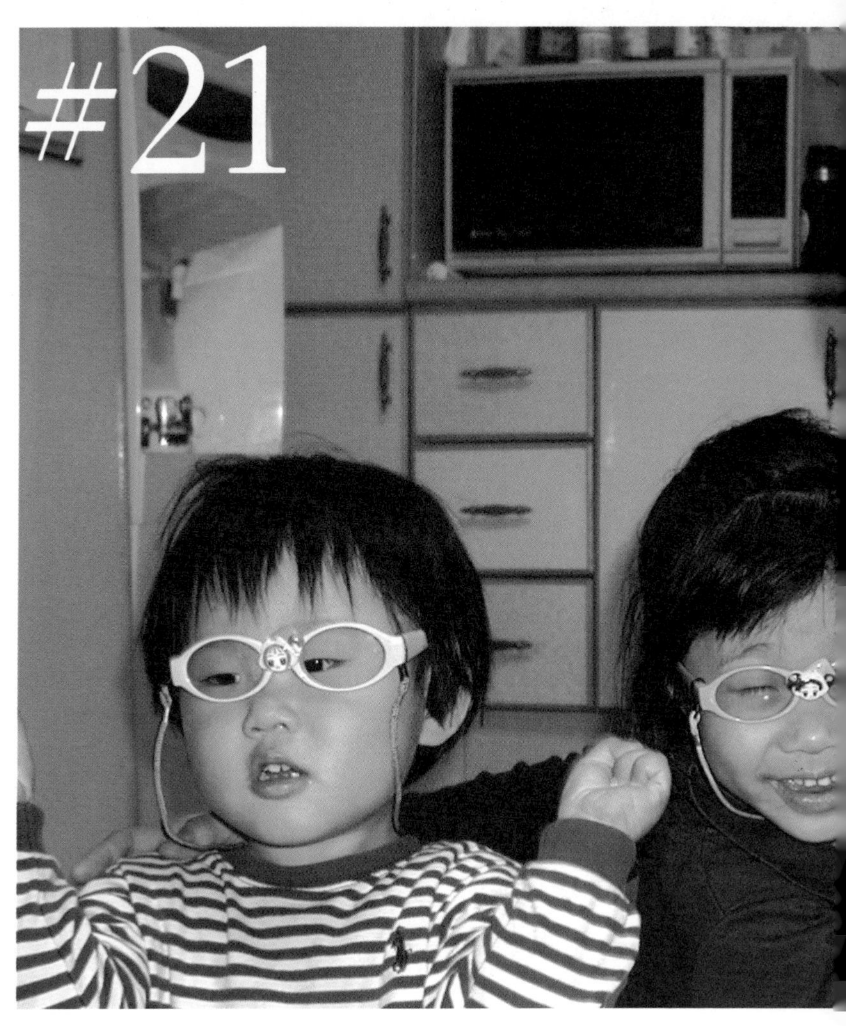

고맙습니다.

서로 사랑하세요.

존엄한 죽음 맞이하기

인도를 정복한 무굴 제국의 황제 샤자한이 사랑하는 아내를 위해 만든 거대한 무덤 타지마할은 죽어서도 사랑하는 이와 함께하고픈 인간의 욕망을 드러내 줍니다. 이집트의 피라미드, 중국의 진시황릉 등과 같은 화려하고 거대한 무덤을 보면 죽어서도 잘 살고 싶고 사후에도 생전과 같은 영화를 누리고 싶어 하는 인간의 깊은 욕망을 엿볼 수 있습니다. 이처럼 사람들은 세상을 등지고 떠나는 사후에조차 남겨진 육신이 존엄하기를 바랍니다. 그렇다면 어떻게 존엄하게 죽음을 맞이할 수 있을까요? 테레사 수녀님은 '평온하게, 존엄하게 죽음을 맞이하는 것이야말로 삶의 위대한 성취 결과입니다' 라고 했습니다.

존엄하고 장엄한 죽음은 평소에 항상 죽음을 준비하면 맞이할 수 있으리라 생각합니다. 이에 쉽게 생각할 수 있는 죽음 준비는 두 가지로 나뉩니다. 내 사후에 내 가족이 큰 근심 없이 살 수 있는 것, 주로 물질적인 것입니다. 그런데 이 명제에 잘못 접근하다 보면 과다한 재물을 모아야 하고 그로 인해 괴로움이 싹틉니다. 모아도 모아도 부족한 것이 재물인 까닭에 항상 부족함을 느끼기 때문입니다. 이도 결국 마음의 문제입니다.

두 번째 준비는 평소 행복해지기 위한 노력과 사람들과 함께 더불어 사는 실천이라 하겠습니다. 인간은 언제 죽을지 모릅니다. 더불어 죽음은 언제 죽을지 미리 정해진 날이 있는 것도 아닙니다. 그래서 죽음을 준비하다 보면 삶의 가치와 애착이 생겨납니다. 그 애착은 나를 위한 애착이 아니라 나와 더불어 살아가는 뭇 생명에 대한 애착입니다. 내가 즐거운 일이 있을 때 가족도 같이 즐거운 일이 있어야 함께 즐거울 수 있습니다. 언제 죽을지 모르기 때문에 하루 하루, 순간 순간을 삶에 충실하게 됩니다.

어떤 생사관을 갖고, 어떤 종교를 지녔는지에 따라 죽음을 맞이하는 방식이 크게 차이가 납니다. 죽음을 수용할 수 있는 마음을 지니고 있다면, 죽음이 끝이 아니라 인간이 성장하는 마지막 단계라는 것을 깨닫는다면, 삶이 아름답고 행복할 수 있습니다. 죽음이 상실의 슬픔인지, 새로운 희망인지는 개인의 마음먹기에 따라 달라집니다.

사랑하는 사람들에게 들려주고 싶은 이야기를 적어보세요.

년   월   일

#22

가장 장수한 사람이란

가장 많은 세월을 살아온 사람이 아니라
가장 뜻깊은 인생을 체험한 사람입니다

대문에 거울 달아놓기

집 대문에는 조그만 거울이 하나 있습니다. 누가 버린 것을 가져다가 달아놓은 것인데, 아침에 바쁘게 집을 나서다가 거울을 한번 바라보는 것이 습관이 됐습니다. 가끔 머리를 빗지 않았거나 하는 건망증 때문에 대문 앞의 거울은 참 유용합니다.

아침에 마주 대하는 거울은 많은 사람과 만나야 하는 제 차림새를 고쳐주지만, 저녁에 바라보는 거울은 하루를 돌아보게 해 줍니다.

"오늘 하루 잘 살고 돌아왔니?"

거울을 보며 씩 한 번 웃어주고 계단을 올라 집으로 들어갑니다. 출근하기 싫은 날도, 하루종일 힘들게 뛰어다닌 날도 거울은 내 모습을 그대로 비춰줍니다.

"잘 살아야지, 잘 살아야지."

오늘도 거울을 보면서 다짐합니다.

사랑하는 사람들에게 들려주고 싶은 이야기를 적어보세요.

년   월   일

#23

허공도
늙거늘,
어찌 늙지
않겠쏘소.

사진 계영희 시 만월 스님

물고기 수행

바다 좀 보시게. 저 해안가의 물고기들 오죽 피곤하겠어. 수시로 파도가 와서 흔들고 지나가니 말이야. 깊은 바닷속에 살면 아무런 미동도 없을 것인데. 수행이란 것이 바닷가에 있는 마음을 조금씩 조금씩 깊은 바다로 들여놓는 것 같단 생각이 들어. 그런 공부 많이 하시게.

사랑하는 사람들에게 들려주고 싶은 이야기를 적어보세요.

년   월   일

#24

목표란
길의 끝에 있는
것이 아니라,
그 길 가장자리
에 있습니다.

기다림의 미학

화창한 날에 온가족이 시골집에 갔습니다. 봄 햇살이 제법 따스합니다.

"묘목이나 몇 주 사서 심자. 막대기 같이 생긴 묘목은 얼마 안하더라구. 과일나무로 이것저것 사오자."

제 말에 아내가 말을 건넵니다.

"언제 먹을 수 있을까?"

시골집에 도착해 땅을 헤집고 자란 쑥이며 냉이를 캐다가 집 뒤편 마당에서 달래를 발견했습니다. 이태 전 아버지가 달래 씨앗을 구해다가 뿌려놓은 것이, 한 해 자라서 씨앗을 퍼트리더니 밭 하나를 가득 채웠습니다.

"지난해 좀 캐 먹자고 하니까 '한 해만 참어. 지금 캐면 한두 끼 먹고 말지만, 내년에는 더 많이 자라서 이웃과 다 같이 먹을 정도 될 거다' 하면서 못 캐게 하더니만. 그 양반."

지난해 돌아가신 아버지 생각이 나는지 어머니 눈가에 눈물이 맺힙니다.

식사를 마치고 작은 연못에 물고기들이 노니는 것을 보고 있는

데, 아내가 곁에 와 섰습니다. 한참을 물속을 들여다봅니다. 겨우내 지루하게 얼음 속에 잠들었다가, 봄이 되니 다시 깨어나 물속을 돌아다니는 물고기들이 자연의 섭리를 가르쳐줍니다.

지금은 긴 막대기 같은 묘목이지만 몇 년이 지나면 과일을 맺겠지요. 과일이 열리기까지 몇 년을 기다려야 합니다. 일분일초를 다투는 현대인의 삶과는 좀 동떨어져 있는 것 같습니다.

기다리지 못하고 조바심 내는 인간의 마음을 자연이 꾸짖습니다.

사랑하는 사람들에게 들려주고 싶은 이야기를 적어보세요.

년   월   일

고귀한 생명 나눔 장기 기증

인간은 행복하고 자유로운 삶을 살 권리가 있습니다. 그러나 많은 사람들이 병마로 고통 받고 있습니다. 현대 의학이 발전할수록 질병 또한 스스로 계속 그 모습을 바꿔가며 인간을 위협하고 있습니다. 특히 어떤 환자들에게는 장기이식만이 마지막 치료 수단이기도 합니다. 이러한 환자들에게 순수한 마음으로 자신의 소중한 일부를 나누어 주는 것을 장기 기증이라고 합니다. 우리나라뿐만 아니라 전 세계적으로 장기이식을 받아야 살 수 있는 환자는 많지만 그 기증자의 수는 절대적으로 부족합니다.

장기 기증은 새생명을 선물하는 생명 나눔입니다. 아름다운 나눔이 한 사람의 생명을 살릴 수 있습니다.

장기 기증에는 다섯 가지 방법이 있으며 장기기증희망등록을 한 후에라도 취소가 가능합니다.

1. 생전 골수 기증

골수 이식이 필요한 백혈병이나 각종 암 환자에게 직접 골수를 나누는 일입니다. 정부는 비혈연 간 골수기증희망자(18세~40세 미만)의 1차 조직적합형(HLA) 검사비를 지원합니다. 기증 희망자와 조직형(HLA)이 일치한 환우가 나타나서 실제로 기증하게 될 때, 골수는 대개 골반뼈에서 채취하며 2박 3일 정도의 입원을 하고 가족의 동의가 반드시 필요합니다.

2. 생전 신장 기증

환우에게 신장 이식이 필요하다는 의사의 진단이 있을 때 건강한 사람이 자신의 한쪽 신장을 나누는 일입니다. 다른 장기 기증과 마찬가지로 사전 검사를 거쳐 기증자와 환자 쌍방의 조직적합성 및 건강 상태를 확인하게 되며, 기증자 본인의 의사뿐만 아니라 가족의 동의가 필수적입니다.

3. 사후 각막 기증

각막 기증이란 주로 시신경 기능은 살아 있으나 각막이 손상되어 시력을 잃은 장애인에게 빛을 나누는 일입니다. 기증자는 생전에 색맹·근시·난시였어도 상관이 없으며, 다만 임종 후 신속히 연락을 하여 6시간 이내에 적출을 해야만 이식을 할 수 있습니다. 각막 기증도 가족의 동의가 필요합니다.

4. 사후 시신 기증

의학과 의료 발전을 위하여 죽은 후 우리의 몸을 의과대학에 기증하는 것입니다. 의료 기술이 발전하면 인류의 건강과 행복이 증진될 것이므로 시신 기증은 모든 이의 행복을 위하여 생애 마지막까지 헌신하는 거룩한 선택입니다.

5. 뇌사 시 장기 기증

불의의 사고로 뇌사 상태에 빠진 사람의 장기(심장·신장·간장·췌장·폐·각막)를 각기 필요한 환우에게 기증하는 일입니다. 뇌사 상태란 자발 호흡이 불가능하고 소생 가능성이 없다는 담당 의사의 진단과 함께 유가족이 뇌사판정위원회에 그 판정을 의뢰해야 합니다. 판정은 매우 엄격한 기준에 의해서 3인 이상의 전문의를 포함한 위원회 전원이 일치해야만 뇌사를 인정합니다.

★ 국내 주요 장기 기증단체

불교　　생명나눔실천운동본부　www.lisa.or.kr　02-734-8050

기독교　사랑의 장기기증운동본부　www.donor.or.kr　02-363-2114

가톨릭　한마음한몸운동본부　www.obos.or.kr　02-774-3488

기타　　국립 장기이식 관리센터　www.konos.go.kr　02-2277-9952

※뇌사 혹은 사후에 장기를 기증하려면 미리 장기이식등록기관에 장기기증희망등록을 해야 합니다. 이때 장기기증희망등록은 본인의 희망으로 가능하지만, 실제 기증 시에는 가족의 동의가 필요합니다. 따라서 장기 기증을 등록한 후에는 가족에게 장기 기증 의사를 밝혀야 합니다.

※사심을 가지고 자신의 장기를 주거나 다른 사람의 장기를 이식받는 경우 현행 법 상 중죄의 처벌을 받게 됩니다.

장기 기증과 보시바라밀

부처님은 거의 모든 경전에서 보시바라밀에 대한 중요성을 말씀하셨습니다. 그중 중국 송나라 때의 유정(惟淨) 스님이 번역한 《불설대승보살장정법경》에 장기 기증과 밀접한 내용이 있습니다.

《불설대승보살장정법경》에는 '손·발·귀·코·몸의 부분'을 언급하고 있습니다. 이것을 현대적으로 풀이하면 '피·조직세포·골수' 등을 의미한다고 볼 수 있습니다. 이와 같이 신체 장기를 보시물에 넣으며, 보시할 수 없는 것은 없다고 말하고 있습니다. 또한 청정한 마음으로 보시하였을 경우 얻어지는 과보를 칭찬지법(稱讚之法)으로 밝히고 있으며 이는 총 서른 가지나 됩니다. 그중에서 '손·발·귀·코·몸의 부분'을 보시했을 때 얻는 과보에 대해 간단하게 살펴보겠습니다.

① 오욕(五慾)의 묘한 즐거움을 보시하면 계·정·혜·해탈·해탈지견을 얻고 오온이 청정해집니다. 그리고 모든 원하는 바가 뜻대로 됩니다.

② 두 발을 보시하면 법의족(法義足)을 얻어 깨달음에 이릅니다.

③ 두 손을 보시하면 법수(法手)를 얻어 항상 다른 사람을 원만 구족하게 합니다.

④ 귀를 보시하면 육근(六根)에 모자람이나 훼손됨이 없습니다.

⑤ 코를 보시하면 육근이 원만 구족합니다.

⑥ 신체 장기를 보시하면 흠결 없는 몸을 얻어 부처님 몸처럼 청정해집니다.

⑦ 눈을 보시하면 청정한 법안을 얻습니다.

⑧ 피와 살을 보시하면 일체중생의 진실한 몸과 보시를 얻어 그 명(命)을 보호받습니다.

⑨ 골수를 보시하면 금강과 같이 견고하여 부서지지 않는 몸을 얻습니다.

⑩ 머리를 보시하면 삼계(三界)에 안주하여 일체지지(一切智智)를 원만 구족합니다.

장기기증서

저는 사후에 저의 몸으로 인해 다른 생명이 살 수 있다면

기꺼이 일부를 전해주고 싶습니다.

생전에 저는 (   ) 기관을 통해 장기 기증 서약을 했으며,

내용은 (   )을 기증하기로 했습니다.

몸은 영혼이 있어야 비로소 완성되는 것입니다.

영혼이 떠난 몸은 여러 화학 요소의 결합체에 지나지 않습니다.

그리고 시간이 지나면 그 마저도 형체를 잃어버립니다.

장기 기증은 거룩한 생명을 나누는 일입니다.

저는 그 나눔 운동에 동참합니다.

그러니 저의 뜻을 이어 제가 서약한 대로 진행해주세요.

사후 장기 기증 연락처 : 단체명   (TEL :   )

                              년   월   일

          성명 :   서명(도장)

#25

이제 가야겠싸다.

사진 문명희 유인 서울 스님

한 달 후에 죽는다면?

인생에서 한 달이란 시간은 참 짧습니다. 남은 생으로 한 달이 주어진다면 무엇을 할 것인지 생각해보세요.

억만장자 사업가와 자동차 수리공이 같은 병실을 쓰게 됐습니다. 암에 걸려 시한부 삶을 선고 받은 두 사람입니다. 공통점이 없을 것 같았던 둘은 대화 도중 공통점을 찾아냈습니다. '꼭 해보고 싶었던 일을 하지 못했다' 는 점이었습니다. 이들은 죽기 전에라도 그 일을 하기로 하고 병원에서 뛰쳐나옵니다. 그리고 시도합니다. 문신하기, 눈물 나도록 웃어보기, 예쁜 소녀와 키스하기 등등.

영화 롭 라이너Rob Reiner 감독의 《버킷 리스트The Bucket List, 2007》 줄거리입니다. 한 달이 주어진다면 어떻게 할까요? 만약 저라면 제 인생에서 버리고 싶은 것과 사랑하는 이들에게 남기고 싶은 것을 나눠보고 싶습니다. 하지 말았어야 했던 일, 아직까지 용서하지 못한 사람들과 사건, 이제는 마음에서 지워야 할 일을 기록한 후 그것들을 마음에서 찢어내 마음에서 지워버리고 싶습니다. 그리고 가족에게 들려주고 싶은 일, 내 인생에서 가장 아름다웠던 일, 행복했던 일을 기록해 남은 이들에게 전하고 싶습니다.

저라면 이렇게 첫 일주일 동안 미워했던 사람들, 지우고 싶은 기억들과 이별을 마치고 행복했던 일, 사랑했던 사람들과의 웃으며 작별을 하겠습니다. 시간이 없습니다. 이제 남은 것은 삼 주일의 시간입니다. 종교인이라면 그동안 못한 기도를 하루쯤 열심히 해보는 것은 어떨까요. 성당이나 교회, 사찰에서 기도를 통해 사후에 있을지도 모를 세계를 위해 최소한의 보험은 들어야 하지 않겠습니까. 그리고 남은 시간은 가족과 여행을 떠나고 싶습니다. 또는 불필요한 내 물건을 정리한다던지, 나만을 위한 무언가를 하고 싶을 것입니다. 그리고 재산을 정리하겠습니다. 리스트를 작성하고 그 일을 실행하는 데 걸릴 시간을 계산해보십시오. 아마 빠듯할 것입니다.

이제부터라도 가족을 위해, 내 상처받은 영혼을 위해 지금 바로 할 수 있는 일은 바로 실행하시기 바랍니다. 죽음 직전까지 그 일을 가져갈 일이 뭐 있습니까. 시간이 더 많은 지금, 하나씩 해 나간다면 죽음의 문턱 앞에서 허둥댈 필요가 없을 것입니다. 그래서 웰다잉well-dying은 웰빙well-being과 이음동의어입니다.

사랑하는 사람들에게 들려주고 싶은 이야기를 적어보세요.

년   월   일

삶을 정리하면서 이제는 버리고 싶은 것을 적어보세요. 어깨에 짊어진 무게가 한결 편안해질 것입니다. 삶의 무게에 짓눌려 힘겨워하지 마시고 과감히 버리고 싶은 것을 적어보세요. 그리고 앞으로 한결 편안한 삶을 살아보세요.

버리고 싶은 것

1.

2.

3

4.

5.

6.

7.

8.

9.

10.

11.

12.

의미 있는 것, 남기고 싶은 것을 적어보세요. 그리고 그에 담긴 추억을 간단히 적어보십시오. 소중한 추억과 간직하고픈 간절한 마음을 하나하나 되새겨보면, 지나온 삶이 일기장을 읽듯 새록새록 살아납니다.

남기고 싶은 것

1.

2.

3

4.

5.

6.

7.

8.

9.

10.

11.

12.

#26

삶은 그렇게
원수의 표정도
아니고
귀머거리도
아니고
또 그렇게
불쾌하지만도
않습니다

물그릇, 사람 그릇

물을 가장 맛있게 마시는 법이 있답니다. 흙으로 빚은 그릇이나, 표주박으로 만든 그릇으로 마시는 것입니다. 같은 물이라도 플라스틱 그릇에 마시는 것보다 훨씬 맛있습니다. 물을 받아 입에 넣는 짧은 시간이지만 물맛은 정말 다릅니다. 인스턴트 라면은 빨리 데워지고 또 빨리 식는 냄비에 끓여야 제맛이 나고, 구수한 청국장은 뚝배기에 오래 끓여야 맛이 납니다. 음식도 물도 다 제 그릇이 있나 봅니다. 사람도 사람마다 풍기는 멋이 다릅니다. 하지만 다른 점이 있다면 사람은 스스로 그릇을 만들어 간다는 점입니다.

똥꾼 니이다이가 똥물을 지고 가다가 부처님 행렬을 보고는 황급히 피했습니다. 그러다가 그만 부처님께 똥물이 튀고 말았습니다. 부처님은 어쩔 줄 몰라 하는 니이다이를 데리고 냇가에서 몸을 씻었습니다.

"부처님이시여, 어찌 저처럼 천한 사람과 같이 목욕을 하십니까."

"그렇지 않다. 너는 참으로 착한 마음을 지녔다. 신분이 중요
한 것이 아니라 현재의 마음이 어떠한지가 더 중요하다."

부처님 말씀에 감복한 똥군 니이다이는 부처님 제자가 되어 훌
륭한 수행자가 되었다고 합니다. 비록 천한 일을 하지만 마음은
더러움에 물들지 않았던 니이다이는 수행자의 그릇이었던 것
입니다.
당신은 어떤 그릇인지요. 다른 사람이 바라보는 내 모습 말고,
내가 보는 내 모습은 어떤지 거울을 한번 바라보세요.

사랑하는 사람들에게 들려주고 싶은 이야기를 적어보세요.

년   월   일

#27

어둠은 스스로 어두울 수 없고
밝음이 있기 때문에 어둠이 되고
어둠이 밝음으로 변하여 어둠이 되며,
밝음으로 화하여 나타난다.

사진 문병희 글 웨인선사

아이의 머리를 쓰다듬으며

늦은 퇴근을 하고 나니 아이들은 이미 잠이 들었습니다. 서로 엄마를 차지하겠다는 듯, 세 아이의 머리가 모두 안사람을 향해 있습니다. 큰 대大자를 그려 놓은 형상입니다. 아이들을 바로 눕히다 보니 둘째의 몸이 불덩이입니다. 체온을 재보니 39도를 넘나듭니다.

아이를 억지로 깨워 해열제를 먹이고, 한참 동안 머리를 쓰다듬어주다가 열이 어느 정도 내린 것을 보고서야 잠자리에 들었습니다.

다음 날 아침 아이의 머리를 쓰다듬는 제 모습을 보더니 아내가 말합니다.

"애 깨우지 말아요. 푹 자게."

"깨우는 거 아니야. 사랑을 전해주는 거지."

"잠자는 데 그걸 아나?"

"그럼~, 다 느낌으로 알아. 나는 아직도 아버지가 잠든 내 머리 쓰다듬어주던 느낌이 남아 있는 걸."

곰곰이 생각해보면 누구나 부모의 사랑을 느낌으로 떠올릴 수 있습니다. 기억력 가운데 가장 나쁜 것이 시력이라고 합니다. 그 다음으로 미각, 청각, 촉각 순으로 기억력이 오래간다고 합니다.

우리는 흔히 눈으로 보이는 것만 전부이고 사실이라고 생각합니다. 하지만 곰곰이 생각해보세요. 미국을 한 번도 안 간 사람도 뉴욕과 자유의 여신상의 존재를 믿고 있는 것처럼, 눈으로 보지 못한 사실도 얼마든지 있습니다. 그 가운데 마음과 느낌은 볼 수 없는 것이지만 실재 존재하는 것 가운데 최고의 진실입니다.

사랑하는 사람들에게 들려주고 싶은 이야기를 적어보세요.

년   월   일

다시 태어나는 것은 우리가 아니라

우리의 습관들입니다.

28

수의에는 주머니가 없다

학교 입학을 앞둔 아이에게 무슨 선물을 받고 싶은지 물었습니다.

"지갑!"

이제 친구들과 떡볶이도 사 먹고, 용돈도 관리해야 하니 지갑이 필요한 모양입니다. 문방구에서 이천 원 하는 비닐지갑을 사주었습니다.

저는 언제부터 지갑을 사용했는지 생각해봅니다. 아마 중학교 올라가면서였을 겁니다. 걸어서 학교에 가던 초등학교 때는 많아야 백 원짜리 동전 한두 개를 주머니에 넣고 다녔기 때문에 지갑이 필요하지 않았습니다. 매주 주는 용돈은 상상도 못할 때였습니다. 어쩌다 할아버지나 친척이 주는 용돈이 군것질을 할 수 있는 대부분의 돈이었습니다. 그런 습관에선지 아직도 웬만한 현금은 주머니에 넣고 다닙니다. 지갑이 필요해진 것은 돈을 관리해야 하고, 조금씩 가진 것이 많아지기 시작한 때부터였던 것 같습니다. 그런데 수의에는 지갑을 넣을 주머니가 하나도 없더군요.

사랑하는 사람들에게 들려주고 싶은 이야기를 적어보세요.

년   월   일

상속에 관한 법률 상식

상속에 관한 법률은 〈민법 제5편 상속〉을 참고하여 20가지를 정리했습니다. 자세한 사항은 법제처(www.law.go.kr)를 참고하거나, 법률전문가에게 문의하기 바랍니다.

❶ 상속은 피상속인이 사망한 당시의 법을 적용한다.

❷ 상속 회복 청구는 그 침해를 안 날로부터 3년, 상속이 개시된 날로부터 10년 내에 청구할 수 있다.

❸ 동순위의 상속인이 여럿일 때에는 그 상속분을 균분한다.

❹ 사실혼 부부사이의 자녀도 재산 상속을 받을 수 있다.

❺ 자녀 없이 남편이 사망했을 때 시부모가 생존한 경우에 재산 상속 비율은 '시부 1, 시모 1, 며느리 1.5'이다.

❻ 자녀 없이 아내가 사망한 경우 장인 장모가 생존한 경우에 재산 상속 비율은 '장인 1, 장모 1, 사위 1.5'이다.

❼ 처와 형제만 남기고 사망한 경우 처에게만 상속권이 있다.

❽ 대습상속 : 사망한 남편(아내)을 대신으로 시아버지(장인)의 재산을 상속받을 수 있다.

❾ 혼인 외의 자녀도 재산 상속을 받을 수 있다.

❿ 혼인신고 없는 아내에겐 상속권이 없다.

⓫ 양자로 간 아들도 생가의 유산을 받는다(친양자로 입양된 경우에는 재산 상속을 받을 수 없다).

⓬ 자녀 없는 미망인의 재산은 친정 부모에게 상속권이 있다.

⓭ 형을 죽이려 한 동생에게는 상속권이 없다.

⓮ 태아에게도 상속권이 있다.

⓯ 재산상속권은 포기할 수 있다.

⓰ 사망한 아버지의 부채는 부담하지 않을 수 있다.

⓱ 5촌 아저씨의 재산은 상속할 수 없다.

⑱ 아버지의 유산을 맏아들이 임의로 단독 상속할 수 없다.

⑲ 상속재산을 모으는 데 기여한 사람은 그만큼 더 받을 수 있다.

⑳ 분묘, 족보, 제구 등의 승계는 실제로 제사를 지내는 사람이 갖는다.

채무가 적극재산을 초과하는 상속의 경우

❶ 상속인은 상속개시된 때로부터 피상속인의 재산에 관한 포괄적 권리의무를 승계한다. 그러나 피상속인의 일신에 전속한 것은 그러하지 아니한다(민법 제1005조). 즉 상속의 대상은 망인의 적극재산뿐만 아니라 소극재산(채무)도 상속의 대상이 된다.

❷ 망인이 채무만을 남기고 사망하거나 망인의 채무가 적극재산보다 많은 경우 상속인의 대책

- 망인의 사망과 동시에 그 상속인들은 망인의 적극재산과 소극재산을 모두 상속하게 되는 것이므로 상속인들은 상속 개시 있음을 안 날로부터 3개월 내에 가정법원에 상속포기신고서(민법 제1030조)를 제출하여야 한다. 상속포기를 하게 되면 망인의 적극재산과 소극재산 모두를 상속하지 않게 되고, 한정승인을 하게 되면 망인의 적극재산의 범위 내에서 소극재산을 상속하게 된다.

- 제1순위 상속인들이 상속포기를 하게 되면 제2순위 상속인들이 상속을 하게 되므로 제2순위 상속인들도 상속포기나 한정승인신고를 하여야 한다(예: 사망자의 아들딸들이 상속을 포기하면 손자녀들이 상속하게 되니 손자녀들도 상속포기를 해야 함).

- 상속채무가 상속재산을 초과하는 사실을 중대한 과실 없이 위 3개월의 기간 내에 알지 못하고 단순승인(제1026조 제1호 및 제2호의 규정에 의하여 단순승인한 것으로 보는 경우를 포함한다)을 한 경우에는 그 사실을 안 날부터 3개월 내에 한정승인을 할 수 있다.

※ 〈상속재산포기심판청구서〉, 〈한정승인심판청구서〉 같은 양식이 있습니다. 이러한 양식은 인터넷에서도 쉽게 확인할 수 있습니다.

#29

더 나이가 들면 손이 두 개라는 것을
발견할 수 있습니다.

한 손은 당신 자신을 돕는 손이고
다른 한 손은 다른 사람을 돕는 손입니다.

내 영혼과 죽음이야기 나누기

언제 처음으로 죽음을 인식했는가 • 나는 언제 나를 위해 울었는가 • 왜 죽음이 두려운가 • 죽음을 바라보는 나의 시각은 과거와 지금 어떻게 다른가

제 기억에 각인된 첫 번째 죽음은 초등학교 때 있었던 할아버지의 별세였습니다. 집에서 장례를 치르느라 녹초가 된 어머니가 잠든 모습을 보면서 '혹시 어머니도 할아버지처럼 돌아가시면 어떻게 하지' 하며 걱정했던 기억이 있습니다. 가까이 살아서 자주 만났던 이모의 운명은 성장한 이후의 일이었습니다. 암으로 고통스럽게 세상과 이별하는 이모의 모습, 그리고 그 앞에서 하염없이 울던 초등학생 이종사촌의 모습이 잊혀지지 않습니다. 죽음의 단절을 아는 나이였기 때문일 것입니다. 성인이 되어 제법 죽음을 안다고 생각했던 제게 아버지의 죽음은 크나 큰 충격이었습니다. 평생을 옥죄었던 노동에서 막 벗어난 아버지의 이른 별세에 안타까운 마음도 컸습니다.

앞에서 말한 죽음들은 제게 각기 다른 파장을 남겼습니다. 할아

버지의 장례는 가족에 대한 존재 가치와 사랑을 더욱 확인하는 계기가 되었고 이모의 장례는 내 주변의 사람들을 위해 어떤 삶을 살아야 하는지 돌아보게 했습니다. 그리고 아버지의 장례는 행복의 정의와 가치를 새삼 되돌아보게 했습니다.

이 시점에서 생각해야 할 것이 한 가지 있습니다. 바로 육체의 죽음이 인간의 죽음인가 하는 점입니다. 죽으면 모든 것이 다 끝나는가? 그러면 영혼의 존재는 어떻게 되는 것인가, 윤회가 있다면 다음 생에 태어날 나는 어떤 고통을 받아야 하는가, 영혼이 있다면 영혼도 성장하는가도 생각해볼 문제입니다.

어릴 적 참석했던 수련회 때 '나에게 편지쓰기'라는 게 있었는데 그때 쓴 편지가 한 달 후에 집에 도착했습니다. 한 달 전 제 손으로 쓴 편지인데도 낯설더군요. 본인이 직접 쓴 편지라도 한 달 후에 읽으면 느낌이 새롭습니다. 죽음에 대한 자신의 생각을 솔직하게 적어보시기 바랍니다. 그리고 일주일, 한 달, 일 년 후에 다시 읽어보십시오. 영혼이 성장할 것입니다.

내 영혼에게

년   월   일

#30

삶이 가장 아름다운 이유는

삶은 언제나 시작이며 항상 모든 순간임을
의미하기 때문입니다.

유통기한 지난 라면

어느 휴일 어머니가 라면을 끓였습니다. 평소엔 몸에 안 좋으니 라면 먹지 말라고 신신당부하던 어머니가 웬일인가 하고 라면을 먹자니 이상한 냄새가 납니다. 아버지는 묵묵히 잘도 드십니다.

"라면이 좀 이상하지 않아요? 무슨 라면이에요?"

"글쎄. 좀 퀘퀘한 냄새는 나지만 상한 것은 아니니 그냥 먹자."

아침에 부모님이 동네 산책을 나갔다가 박스 채 버려진 라면을 발견했답니다. 그리곤 '먹는 음식을 버리면 벌 받는다' 면서 주워왔습니다. 유통기한이 두 달 정도 지난 라면이었습니다. 유통기한이 지난 라면은 쾌쾌한 밀가루 냄새가 난다는 것을 그때 처음 알았습니다.

"왜 이런 걸 주워오고 그러세요."

"음식을 함부로 버리면 안 된다. 옛날 스님들은 배추를 씻다가 냇물에 잎사귀 하나 흘려보내면 그것을 주우러 한참을 달려가곤 했다더라."

그날 저녁, 부모님이 잠들기를 기다렸다가 똑같은 라면을 사서 바꿔놓았습니다.

사랑하는 사람들에게 들려주고 싶은 이야기를 적어보세요.

년　　　월　　　일

나는 죽는다.

죽어서
태평을 얻는다.
죽지 않고선
태평을 얻을 수
없다.

사진 문화엽 글 나쓰메 소세키 《나는 고양이로소이다》

아이에게 팔베개를 해주세요

단칸방에서 다섯 식구가 잠을 잡니다. 저와 아내, 그리고 세 아이. 가끔 막내가 2층에 있는 할머니와 잠을 잘 때를 빼고는 다섯 식구가 함께 잠에 듭니다. 다섯 식구가 나란히 누우면 좀 좁은 느낌이 들곤 합니다. 아이들이 잠을 자면서 빙빙 돌다가 발로 얼굴을 차서 깜짝 놀라 깰 때도 종종 있습니다.

어제는 둘째, 셋째 아이가 놀다가 잠이 들어 할머니 옆에 재우고, 큰아이와 아내, 저 이렇게 셋이 방에 누웠습니다. 근데 왜 그리 방이 넓게 느껴지던지요. 다섯 식구가 서로 부딪치며 잠들던 방에 세 명이 누웠더니 휑한 느낌이 듭니다. 결국 한참이나 뒤척이다 잠이 들었습니다.

어릴 적 한방에서 아버지, 어머니, 그리고 네 형제자매가 함께 자던 기억이 납니다. 지금은 모두 결혼해 떨어져 삽니다. 하지만 한솥밥을 먹고, 같이 잠자고 싸우고 뒹굴면서 생겨난 돈독한 형제애는 각자의 방에서 따로 잠을 자던 친구들과 비교할 수 없습니다.

요즘은 많은 부모들이 아이들에게 방을 따로 내줍니다. 자립심을 키운다는 이유입니다. 하지만 형제자매 부모와 같이 잠을 잔다고 해서 자립심이 부족해질까요? 오히려 따뜻한 마음을 가진 아이로 자라진 않을까요. 아이들이 스스로 방을 따로 내어 달라고 할 때까지는 아이들에게 팔베개를 해주고 같이 자야겠습니다.

사랑하는 사람들에게 들려주고 싶은 이야기를 적어보세요.

년   월   일

#32

울어라, 그러면 너는 외롭게
혼자서 울 것이다.

웃어라, 그러면 세상은
너와 함께 웃을 것이다.

작은 보물섬

〈www.lefttoe.net〉라는 사이트가 있습니다. 수년 전 〈LEFT TOE's TREASURE ISLAND 왼쪽 발가락의 보물섬〉이란 이름으로 개설된 홈페이지입니다. 두 발만 쓸 수 있는 지체장애인 천정욱 님의 홈페이지입니다.

수년 전 부산에 살고 있는 천정욱 님을 만났습니다. 당시 29세였으니, 벌써 서른 중반의 나이가 됐을 터입니다.

돌보는 이가 없으면 화장실조차 가기 힘든 불구의 몸이지만, 천정욱 님의 웃음은 밝기만 합니다. 천정욱 님은 발가락으로 키보드를 두드려 홈페이지를 만들고, 세상과 대화를 나눕니다. 그래서 천정욱 님에게 홈페이지는 보물섬입니다.

천정욱 님을 만나고 희망이 얼마나 중요한 것인지 느꼈습니다. 자신의 꿈을 세우고, 꼭 이룰 수 있다는 희망으로, 한 발 한 발 꿈에 다가간다는 것…. 조금 느리면 어떻습니까. 빨리빨리 하다가 부실공사로 무너지는 것보다 지진이 일어나도 끄떡없는 것이 더 좋지 않습니까.

천정욱 님은 당시 제게 자작시 한 편을 건넸습니다.

　　내 꿈은

　　아침에 일어나

　　내 두발로 일어서

　　내 두팔로 창문을 열어

　　햇살을 맘껏 즐기는 것

　　자전거와 배낭 하나 짊어지고

　　어디든 어디서든

　　내가 거기에 서 있다는 것을

　　알고 싶은 것

　　… (하략) …

사랑하는 사람들에게 들려주고 싶은 이야기를 적어보세요.

년   월   일

재산 상속에 따른 세금 납부

취득세·등록세 신고 납부

상속으로 부동산 등을 취득하면 상속인 또는 그 대리인은 신고서를 작성하여 물건지 관할 시·군·구를 방문하여 취득세 및 등록세를 신고 납부해야 합니다.

1. 취득신고 대상 물건
   - 취득신고 대상 물건은 부동산, 차량, 기계장비, 입목, 선박, 항공기, 어업권, 광업권, 골프회원권, 콘도미니엄회원권 등이 있습니다.
   - 취득세 비과세 : 상속물건이 주택으로 1가구 1주택에 해당하는 경우와 지방세법령에 의하여 감면대상이 되는 농지를 상속받는 경우에는 취득세가 비과세됩니다.

2. 납부기한과 구비서류
   - 상속개시일(피상속인의 사망일 또는 실종선고일)로부터 6개월 이내여야 합니다.
   - 상속인 본인이 신고하는 경우에는 제적등본 또는 가족관계등록부, 상속인의 신분증, 상속재산이 분할되는 경우 분할협의서 등을 첨부해야 합니다.
   - 대리인이 신고하는 경우에는 위임장 및 인감증명서를 첨부하여야 합니다.

4. 법정신고납부 기한 경과 시 가산세 부과
   - 신고불성실가산세 = 취득세액×20%
     미신고하였더라도 신고기한만료일부터 30일을 경과하지 아니하고 부과고지를 받기 전에 신고를 하면 신고불성실가산세의 50%를 감면해줍니다.
   - 납부불성실가산세 = 취득세액 + 신고불성실가산세의 1일 10,000분의 3
     미납일수는 납부기한의 다음 날부터 자진납부일 또는 납세고지일까지의 기간입니다.

※ 상세문의 : 지방세종합상담 ☎02)1577-5700 ◉ 각 시·도, 시·군·구 부과권자 ◉ 지방세포털사이트 www.wetax.go.kr

상속세 신고 납부

상속세 납세의무자인 상속인 또는 수유자는 상속세 신고서를 작성하여 신고기한 까지 은행(국고수납대리점) 또는 우체국에 신고 납부해야 합니다.

1. 대상

피상속인(사망자)이 거주자이면 국내외 모든 상속재산에 대하여, 피상속인이 비거주자이면 국내에 있는 상속재산에 대하여 신고납부가 있습니다.

2. 납부기한

- 상속개시일(피상속인의 사망일 또는 실종선고일)로부터 6개월 이내여야 합니다.
- 다만 피상속인(사망자) 또는 상속인 전원이 비거주자인 경우에는 상속개시일 로부터 9개월 이내에 신고할 수 있습니다.

4. 신고서 및 구비서류

- 상속세 과세표준신고 및 자진납부계산서
- 상속재산명세서 및 그 평가명세서, 피상속인 및 상속인의 가족관계증명서, 공 과금, 장례비, 평가수수료 지급서류 및 채무부담을 입증하는 서류
- 배우자의 상속재산이 분할된 경우에는 상속재산분할명세서 및 그 평가명세서
- 기타 상속세법에 의하여 제출하는 서류 등(예 : 가업상속공제신고서 등)

5. 상속세 신고서를 제출한 경우와 미제출한 경우의 차이

신고기한 내에 신고서를 제출하면 납부해야 할 상속세액의 10%를 공제해줍니 다. 상속세 신고기한까지 무신고(과소신고)하는 경우에는 그 무신고(과소신고) 부분에 대한 세액공제 혜택(10%)을 받을 수 없으며, 신고 납부불성실가산세를 추가로 부담하게 됩니다.

※ 상세문의 : 국세청 고객만족센터 ☎ 02)1588-0060 ◉ 각 세무서 재산제세 담당부서 ◉ http://call.nts.go.kr

출처 : 행정안전부 민원제도과

#33

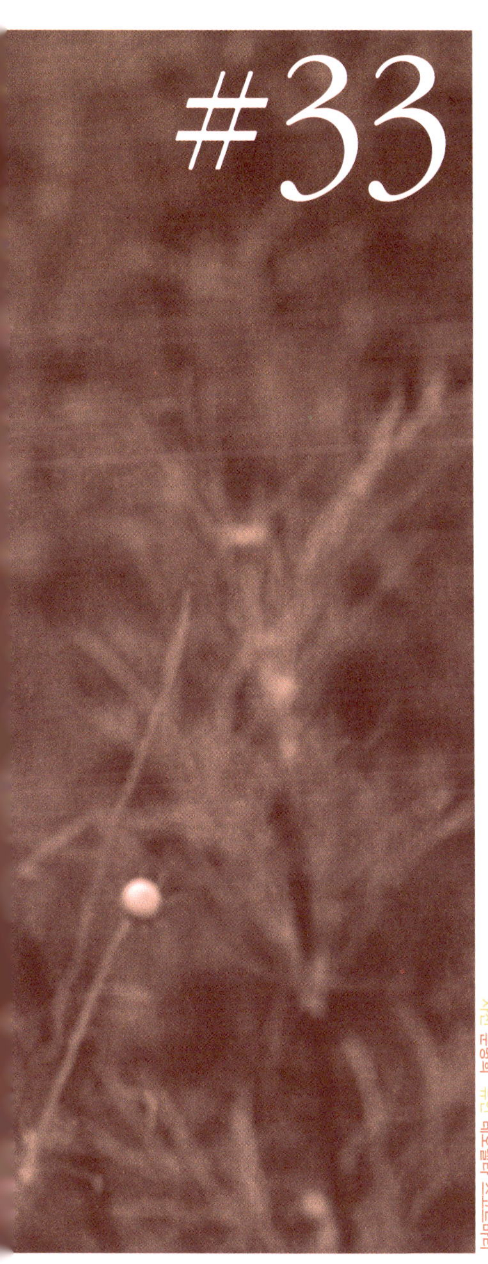

나는 용서해요
나는 용서해요

배우자와 웰다잉 이야기 나누기

아버님이 돌아가시고 어머니는 몇 달째 눈물 흘리지 않는 날이 없었습니다. 돌이켜보면 배우자는 현재형이고 미래형입니다. 지금 생활을 함께 꾸려가는 사람이자 조금 먼 미래의 공동 목표를 위해 같이 길을 가는 사람입니다. 많은 사람이 갑자기, 또는 그리 멀지 않은 시간 후에 배우자와 헤어질 수 있다는 것을 망각합니다.

부처님은 배우자를 이렇게 비유했습니다. 한 사람이 세 여자를 데리고 살았습니다. 첫째 부인은 참 성실하고, 묵묵히 남편을 따라주었지만 정작 그는 첫째 부인이 있는지 없는지 존재를 잊고 살았습니다. 둘째 부인은 있으면 반갑지만, 없어도 서운하지 않은 존재였고, 셋째 부인은 항상 볼 때마다 옆에 두고 싶어 했습니다. 어느 날 그 사람이 먼 길을 떠나야 했습니다. 어쩌면 다시 돌아올 수 없을지도 모릅니다. 셋째 부인은 방에서 잘 가라고 인사를 합니다. 둘째 부인은 집 앞에서 배웅을 했고, 정작 기대를 안 했던 첫째 부인은 마을 입구까지 배웅해주었습니다.

이 이야기에서 첫째 부인은 가족, 둘째 부인은 친척이나 친구,

셋째 부인은 재물입니다. 죽음을 맞아 다른 세계로 가는 나를 가장 멀리 배웅하는 사람이 바로 가족, 특히 배우자입니다. 배우자는 나의 죽음으로 큰 고통과 슬픔을 겪을 존재입니다.

웰다잉well-dying을 주제로 한 배우자와의 대화는 나의 죽음으로 인한 고통이나 상처를 최대한 줄여줄 수 있는 방법이기도 합니다. 꿈을 주제로 대화를 시작해보는 것은 어떨까요. 과거의 꿈은 내가 중심이고, 내가 이뤄야 할 것입니다. 현재의 꿈은 배우자와 함께 만들어갈 무엇입니다. 하지만 잊지 말아야 할 것이 있습니다. 꿈은 결과가 아니라 과정이 중요하다는 점입니다. 이런 과정은 내 존재를 돌아보게 하고, 내가 이 세상에 없을 때 배우자에게 삶의 목적과 희망을 만들어줄 수 있습니다.

우리가 미래의 꿈에 대해 이야기를 나누는 것처럼, 배우자와 죽음을 주제로 이야기하는 것은 자연스러운 일입니다. 그것도 당연한 미래의 한 모습이기 때문입니다. 웰다잉에 대한 이야기를 나누다보면 오히려 현재 서로에게 부족한 것을 돌아보고, 더욱 서로를 사랑할 수 있는 기회가 될 것입니다.

사랑하는 사람들에게 들려주고 싶은 이야기를 적어보세요.

년　　　월　　　일

#34

인간은 우리가
우주라고 부르는
전체의
일부이다

전단지 한 장 = 쌀 한 톨

아침 출근길입니다. 지하철 입구에서 한 할머니가 전단지를 나눠줍니다. 이런 일이 처음이신지 유난히 못하시는 것 같습니다. 대부분의 사람이 할머니의 손을 피해갑니다. 막바지 출근 시간인데 나눠줘야 할 전단지가 아직 많이 남았습니다.

종일 전단지를 나눠주는 일을 하고 받는 돈은 고작 일, 이만 원 정도라고 합니다. 그나마 소일거리 없는 노인들이, 제대로 걷기도 힘들어 이젠 지팡이에 의지해 노년을 보내야 하는 노인들입니다.

저는 누가 전단지를 나눠주면 꼬박꼬박 받아둡니다. 그리곤 주머니에 쑤셔 넣었다가 쓰레기통이 보이면 버립니다. 제가 받아드는 것은 불필요한 전단지 한 장이 아니라, 그 할머니가 먹을 쌀 한 톨이기 때문입니다.

사랑하는 사람들에게 들려주고 싶은 이야기를 적어보세요.

년   월   일

#35

혼자는 아니다
누구도
혼자는 아니다
나도 아니다

실상 하늘 아래
외톨이로 서 보는
날도 하늘만은 함께
있어 주지 않던가

행복은 성적순이 아니잖아요

영어 학원을 운영하는 선배가 제 아이들 걱정을 합니다.

"요즘 영어 모르면 아무것도 못해. 영어는 어릴수록 빨리 배워. 영어 학원 보내."

학원에서 배우는 아이들이 얼마나 영어를 잘하는지도 설명해 줍니다. 그런데 저는 별로 그러고 싶은 생각이 없습니다. 그보다 많은 동화책과 역사책을 읽었으면 좋겠습니다.

"우리나라 사람끼리 대화하면서 영어로 대화하는 사람 봤어요? 아직은 초등학생이니 좀 놀아야지요. 학원에 너무 시간 빼앗기면 아이가 불쌍하잖아요."

그럴 때마다 선배는 시대에 뒤떨어진 사람 운운합니다. 그때마다 전 피식 웃고 맙니다.

초등학교 4학년인 큰아이의 방학 중 〈하루생활계획표〉를 보면 자유 시간이 10시간입니다. 학원은 주산 학원 한 군데입니다. 요즘 아이들과 비교하면 어른들이 불안해하는 시간표일 겁니다. '행복은 성적순이 아니잖아요' 라는 말을 전하고 싶습니다.

사랑하는 사람들에게 들려주고 싶은 이야기를 적어보세요.

년   월   일

#36

강아지똥은
온 몸이 비에 맞아
자디잘게 부서졌어요…
부서진 채
땅 속으로 스며들어가
민들레 뿌리로
모여들었어요.
줄기를 타고 올라가
꽃봉오리를
맺었어요.

불공 올리는 강아지

경기도 화성에 지장사라는 작은 절이 있습니다. 그 절에는 한 불자가 보시한 강아지가 있습니다. 아파트에서 기르자니 이웃의 원성이 높아, 할 수 없이 절에 보시한 것이라 합니다.

그런데 강아지가 절에 오면서부터 목탁 소리만 들으면 법당으로 들어가 법당 한편에 쪼그리고 앉더라는 겁니다. 급기야 절을 하듯 엎드려서 두 앞발을 앞으로 내밀고는, 기도가 끝날 때까지 그대로 있곤 합니다. 스님은 이런 강아지의 행동을 보고 방석을 하나 내주었습니다. 이후로 그 강아지는 목탁 소리만 나면 새벽예불, 사시마지 공양, 저녁예불 때마다 법당에 들어가 불공을 올립니다.

갸륵한 강아지의 모습을 보면서 웃음이 나오기도 하고 윤회를 떠올려보기도 합니다.

사랑하는 사람들에게 들려주고 싶은 이야기를 적어보세요.

년   월   일

유언 관련 법률 상식

유언에 관한 법률을 몇 가지 정리했습니다. 자세한 사항은 법제처(www.law.go.kr)를 참고하거나, 법률전문가에게 문의하기 바랍니다.

① 유언은 일정한 형식을 갖추어야만 효력이 있다.

② 유언은 17세 이상이면 누구나 할 수 있다.

③ 효력을 갖는 유언의 내용

사망자가 생전에 남기고 싶은 뜻이라면 어떠한 내용도 유언이 되겠으나 유언은 유언자의 사망과 동시에 일정한 법률 효과를 발생시키는 것이므로 그 내용 중 도덕적인 의미를 가진 유훈과 같은 것은 민법상의 유언으로 볼 수 없으므로 그것은 법적 효력을 가지지 못한다.

④ 미성년인 아들은 아버지의 유언에 증인이 될 수 없다.

⑤ 유언은 언제든지 철회할 수 있다.

⑥ 유언은 최종유언만이 효력을 발생한다.

유언의 종류

1. 자필증서에 의한 유언

자필증서는 유언자 본인이 직접 유언의 내용 전부와 그 유언서를 쓴 년월일 그리고 주소, 성명을 쓰고 날인해야 한다. 한번 써놓은 자필증서에 새로 글자를 친히 더 써 넣거나 뺄 경우 또는 고쳐 쓸 경우에도 유언자가 도장을 찍도록 되어 있다. 날인은 반드시 인장일 필요는 없고 지장 즉, 무인을 찍어도 된다. 사인은 효력을 발생하지 않는다. 자필증서는 반드시 본인이 직접 써야만 한다. 자필증서는 본인이 직접 유언장의 전부를 써야 하므로 일부를 다른 사람에게 쓰게 한 것이나 본인이 타자기로 찍은 것, 점자기를 사용한 것도 안 되며 타인이 대필하는 것도 자필증서로 인정되지 않는다. 따라서 아들이 대신 쓴 유언은 무효이다.

2. 녹음에 의한 유언

녹음에 의한 유언은 유언자가 녹음기를 사용하여 유언의 취지, 내용과 자기의 성명, 그리고 유언을 하는 연월일을 말하여 녹음해야 한다. 그 녹음에 참여한 증인의 말로 그 유언이 정확하다는 것과 증인의 성명도 녹음해야 한다. 만일 금치산의 선고를 받은 사람이 의사능력이 회복되어 녹음에 의한 유언을 할 때에는 의사가 심신 회복의 상태를 말하여 녹음해야 한다.

3. 공정증서에 의한 유언

공정증서에 의한 유언은 유언자가 증인 2인이 참여한 공증인의 면전에서 유언의 취지를 구술하고 공증인이 이를 필기 낭독하여 유언자와 증인이 그 정확함을 승인한 후 각자 서명 또는 기명날인해야 한다.

4. 비밀증서로 된 유언장

비밀증서에 의한 유언이 그 방식에 흠결이 있는 경우에 그 증서가 자필증서의 방식에 적합한 때에는 자필증서에 의한 유언으로 본다. 비밀증서로 된 유언장은 반드시 엄봉 날인해야 한다.

5. 구술증서에 의한 유언

질병이나 급박한 사정에 의해 다른 방법에 의한 유언을 할 수 없을 때는 구술증서에 의한 유언을 하는 것이 좋다. 이 방식은 성인 두 사람 이상의 증인이 입회한 가운데 그중 한 사람에게 유언 취지를 이야기해주면 그 사람이 이를 받아쓴 뒤 낭독하여 유언자와 나머지 증인이 그 정확함을 승인한 후에 각자 서명 또는 기명날인하면 된다. 이렇게 작성한 유언서를 그 유언 당시 참여한 증인이나 이해관계가 있는 사람이 그 급박한 사유가 끝난 날로부터 7일 이내에 가정법원에 그 검인신청을 해야 한다. 그 검인은 유언이 유언자의 진의에 의한 것인가를 심사하기 위한 것이며 검인이 있다 하여 반드시 그 유언이 유효하다는 뜻은 아니다.

#37

저를 위해
울지 말아요.
제가 당신을
기억하듯
당신도 저를
잊지 말아
주세요.

아이들과 웰다잉 이야기 나누기

1990년대 초까지만 해도 '성性교육'은 어색한 단어였습니다. 성교육은 남녀의 차이와 역할을 알려주고 이를 통해 건전한 이성관을 갖도록 도와주어야 합니다. 또 성gender이 자연스러운 일이면서도 예의와 지킬 것이 있다는 도덕에 대한 바른 성 관념이 자리 잡도록 도와주어야 합니다.

죽음도 교육이 필요합니다. 우리나라는 불가피한 경우가 아니면 어린아이가 장례식장 근처도 못 가게 합니다. 가까운 친척이 돌아가서도 그렇습니다. 아이들이 자연스럽게 죽음을 접하고 생각할 수 있는 기회 자체를 허용하지 않습니다. 과거에는 장례를 대부분 집에서 치르다보니 어쩔 수 없이 죽음을 접했지만 현재는 병원 후미진 곳에 위치한 장례식장이 일반적입니다. 어쩌면 요즘 아이들은 컴퓨터 게임처럼 사람이 죽어도 다시 리셋하면 된다고 생각할지도 모르겠습니다.

아이들과 죽음을 주제로 이야기를 나눈다면 어떨까요? 대화를 끌어내기 힘들다면 외국의 형편이 어려운 아이들을 죽음으로 내모는 기아와 질병, 전쟁의 참상 등을 주제로 이야기를 시작하는 것도 좋은 방법일 것입니다. 아이를 잃은 가족의 슬픔을 이야기하다보면 대화는 어느새 웰다잉well-dying의 문제로 다가설 것입니다.

아버지가 돌아가신 다음 해 아이들이 아끼는 물건과 제가 아이들에게 주고 싶은 물건들을 포장해 타임캡슐을 만들어 시골집에 묻었습니다. 그리고 30년 후에 개봉하자고 약속했습니다.

그날 밤 늦도록 잠을 이루지 못했습니다. 둘째가 내 나이가 되었을 때 나는 이 세상에 살아 있을까, 아이들과 함께 타임캡슐을 열 수 있을까를 생각하며 서른 중반을 넘긴 아이들에게 하고 싶은 말을 담아 편지를 썼습니다. 몇 년이 지난 지금, 가끔은 또 하나의 타임캡슐을 만들고 싶다는 생각이 들곤 합니다. 그 사이 아이들에게 해주고 싶은 말이 더 떠올랐기 때문입니다.

이제는 타임캡슐 대신 아이들과 이야기를 나눕니다. 이런저런 대화를 하면서 죽음에 대한 말도 자연스럽게 하곤 합니다. 그런 대화는 결국 제 자신에게 '이렇게 살아야 한다' 는 다짐으로 되돌아오곤 합니다. 결국 나를 위한 대화를 하는 셈입니다.

사랑하는 사람들에게 들려주고 싶은 이야기를 적어보세요.

년   월   일

#38

땅 위에 흩어져 있는 작은 돌멩이 하나에도

그 존재의 이유가 있습니다.

병아리 지우기

모처럼 휴가를 내고 쉬던 봄날입니다. 초등학교 1학년 아이가 학교에서 오더니 가방을 방에 던져놓고, 지갑에서 1,500원을 꺼내 언니랑 문을 나섭니다.

"어디 가니?"

"응. 학교 앞에서 병아리 사올게."

미처 말릴 사이도 없이 총총걸음으로 사라진 아이들은 이십여 분이 지나자 '삐약 삐약' 병아리를 사들고 나타났습니다. 세 마리를 사려고 했는데 모이가 500원이라서 두 마리 밖에 못 샀다고 합니다. 병아리 값이 모이 값과 같다는 현실이 쓸쓸합니다.

병아리가 얼마 못가 죽을 거라는 생각에 걱정이 앞섭니다. 사랑하는 생명이 죽는 것도, 또 그 책임을 느끼는 것도 공부라는 생각에 큰 닭이 될 때까지 잘 키워보라고 격려를 해주었습니다.

아이들과 동네 슈퍼에서 작은 박스를 구해 제법 예쁜 집도 만들어줬습니다. 그날 밤, 삐약 거리는 병아리 소리를 듣다가 잠이 들고, 그 소리에 잠에서 깼습니다. 그렇게 나흘째, 일요일입니다. 전날부터 병아리 한 마리가 비실비실 거리는 것이 오래 살 것 같지 않았습니다. 나들이할 일이 있어 나오면서 병아리들을 좁은 마당에 풀어줬습니다.

"아빠, 병아리를 왜 밖에 둬?"

"병아리가 너무 힘이 없어서 햇볕을 많이 쐬라고."

내심 오래 살지 못하고 곧 죽을 목숨인데, 잠깐이라도 맑은 하늘을 보라는 마음이었습니다.

해 질 녘 집에 돌아오니 병아리 소리가 들리지 않았습니다. 이리저리 찾아보니 비실대던 한 마리는 구석에서 죽어 있고, 그나마 건강했던 한 마리는 보이지 않습니다. 한참을 찾다가 고양이가 다녀간 흔적을 발견하고는 '아차!' 했습니다. 죽은 병아리도 자세히 보니 짐승에게 물린 자국이 있었습니다. 미안했습니다. 아주 많이 미안했습니다.

다음에 널찍한 마당이 있는 집을 구하면 병아리를 사서 제대로 키워야겠습니다.

사랑하는 사람들에게 들려주고 싶은 이야기를 적어보세요.

년   월   일

#39

내가 그의 이름을 불러 주었을 때,
그는 나에게로 와서 꽃이 되었다.
너는 나에게 나는 너에게
잊혀지지 않는 하나의 눈짓이 되고 싶다.

사진 정다현 | 글 김춘수 〈꽃〉

졸업식과 자장면

작은 아이가 유치원을 졸업했습니다. 졸업장과 사진을 가지고 와 자랑을 합니다. 아이들은 무언가 받는 것에 기분이 좋은가 봅니다. 아직 헤어짐을 모르는 나이라 그런 것 같습니다.

졸업식을 마치고 할머니, 고모와 자장면을 먹었다고 자랑도 합니다. 자장면은 오랫동안 졸업식과 입학식에 먹는 음식인 것 같습니다.

아이가 잠든 밤, 수십 년이 지나도 볼 수 있도록 졸업장이며 사진 등을 앨범에 넣어 정리하다가 낡은 대학 합격 증서를 한 장 발견했습니다. 큰누나의 것입니다.

아직 어렵던 시절, 큰누나는 합격증을 끌어안고 밤새 울었습니다. 대학에 갈 수 없는 가정 형편 때문이었습니다. 그런 누나에게 졸업식은 배움과의 인연이 끊어지던 날이었습니다.

내일은 어느새 마흔을 넘어선 누나에게 전화를 해야겠습니다. 주말에 만나 자장면 한 그릇 사줘야겠습니다.

사랑하는 사람들에게 들려주고 싶은 이야기를 적어보세요.

년   월   일

#40

하느님께 기도해주세요.
제발, 이 아름다운 세상에
사람이 사람을 죽이는 일은 없게 해달라고요.
제발, 그만 싸우고 그만 미워하고
따뜻하게 통일이 되어 함께 살도록 해주세요.

아이에게 가장 좋은 친구

초등학교에 아이를 입학시킨 한 친구가 전화를 걸어 투덜댑니다. 학원을 안 보낼 수 없어 두 곳을 보내고 있는데 학원비가 적지 않게 들어간다고 투덜댑니다. 지금은 학원이 꼭 공부만 목적은 아니랍니다. 학원을 안 보내면 친구도 사귀기 어렵다고 합니다. 그러고 보면 형제가 많던 우리들은 놀이 문화를 걱정하진 않았는데, 요즘 아이들은 혼자 자라다 보니 노는 법을 잘 모르는 것 같습니다.

오랜만에 일찍 퇴근해 저녁을 먹고 방을 깨끗이 치웠습니다. 방이 깨끗하면 아이들은 어지럽히고 싶은 마음이 생기나 봅니다. 세 아이들이 저마다 물감을 꺼내고 물을 떠다가 그림을 그립니다. 큰아이는 제법 멋진 그림을 그려냅니다. 둘째, 셋째는 물을 바닥에 붓고 물감을 휘저으며 손과 발을 물감으로 물들입니다.

"자, 십 분만 더 하고 양치질해라."

아내는 그런 아이들을 내버려둡니다. 힘들게 방을 치운 것이 조금 억울했지만 어쩌겠습니까.

잠자리에 든 아이들을 보면서 생각해봅니다. 아이에게 가장 좋

은 친구는 형제자매가 아닐까 하고. 친구에게 애 한 명 더 낳아
보라는 문자메시지를 띄웠습니다. 학원을 한 군데 더 보내는 것
보다 아이의 삶을 더 행복하게 만들지도 모릅니다.

사랑하는 사람들에게 들려주고 싶은 이야기를 적어보세요.

년   월   일

유언 공증

유언의 방식은 민법의 규정에 따릅니다. 그중 공정증서에 의한 방식은 다음과 같습니다.

공정증서에 의한 유언은 유언자가 증인 2인이 참여한 공증인의 면전에서 유언의 취지를 구수하고 공증인이 이를 필기낭독하여 유언자와 증인이 그 정확함을 승인한 후 각자 서명 또는 기명날인 하여야 한다.(민법 제1068조)

유언 공증 받기

1. 구비서류

유언공증에 필요한 서류는 원본을 원칙으로 합니다. 인터넷 서류는 유언 공증에 적용되지 않으므로 유의하시기 바랍니다. 모든 서류는 구청이나 동사무소에서 발급 가능하며, 또한 모든 서류는 6개월 이내에 발급된 것이어야 합니다.

① 유언자

  신분증(주민등록증, 여권, 운전면허증), 인감증명서 1통, 인감도장, 주민등록등본 1통, 가족관계증명서(호적등본) 1통

② 증인(2인)

- 증인은 가족이나 친지, 이해당사자가 아닌 제3자이어야 합니다. 증인은 이름, 현주소, 본적지주소, 호주의 성명, 주민등록번호 등을 미리 유언할 공증사무실에 구비서류와 함께 알려주어야 합니다.
- 신분증, 도장

③ 유언할 목적물 구비서류

- 토지 건물 등기부등본 1통, 토지대장(동산인 경우 목록 작성) 1통

- 은행 예금의 경우 : 예금 통장

- 토지일 경우 : 토지가격 확인원

- 아파트(연립)일 경우 : 공동주택가격확인서

④ 수증자
- 주민등록등본 1통

- 출석하지 않아도 됩니다.

2. 검인 절차의 생략

공정증서가 아닌 유언서는 유언자의 사망 후 즉시 법원의 검인을 받아야 하나 부동산의 경우 수증자가 단독으로 직접 등기 이전을 받을 수 있습니다.

3. 공증기관

- 법무법인과 그 구성원 변호사

- 공증인(법무장관이 임명한 공인)

- 공증사무 대행자(법무장관이 지정한 지방검찰청 검사 또는 지방법원 등기소장)

- 외국 주재 우리나라 영사

- 공증 수수료는 법무부령인 공증수수료 규칙으로 명시되어 있습니다.

인생이란 페이지를 넘기기 전까지는
누구도 알 수 없는 소설 같은 것이니

끝까지 페이지를 넘기라고 조언해준
아버지께 감사합니다.

삶의 의미에 대해
이야기 나누기

한 달 지출 내역을 계산해본 적이 있습니다. '우리집은 엥겔지수가 너무 높다'는 아내의 푸념대로 식대, 즉 먹기 위해 들어가는 돈이 적지 않았습니다. 또 많은 비중을 차지하는 것 중 하나가 핸드폰 요금, 인터넷 요금 등 통신비였습니다. 전화 통화하는 데 이처럼 많은 비용을 지불하고 살아야 하는 현대인의 삶과 불과 수십 년 전 몇 집 건너 전화 한 대 있던 시대를 비교하니 의문이 생깁니다. 그만한 가치를 지닌 중요한 연락이 많아진 것일까요? 게다가 학원 교육을 아무리 안 시킨다지만, 세 아이의 교육비가 차지하는 비중이 적지 않습니다. 초등학생이지만 급식비가 차지하는 비중도 적지 않습니다. 육성회비를 내지 못해 학교에서 벌을 섰던 1970년대 국민학교와 급식비를 못내 결식 아동이 다수 존재하는 21세기 초등학교가 어떤 차이가 있는지 모르겠습니다.

정작 중요한 어머니 용돈, 회비와 후원금, 문화 생활비가 차지하는 비중은 아주 작습니다. 담배 피고 술도 마시고 차 운전을 하는 저 같은 사람은 세금도 제법 많이 내는 것 같습니다. 가계

부를 모두 계산한 후 생각합니다.

"왜 사는가?"

살기 위해 음식을 먹고 전화 통화하기 위해 사는가? 왕이 산해진미를 먹는다 해도 하루 세끼 먹는 것은 범부와 차이가 없다는 옛 어른의 말씀처럼 지출하는 돈의 명목은 비슷할 것입니다. 그러면 왜 사는가를 다시 질문해봐야겠습니다. 우리 부모님 세대는 경제를 일으켜 가난을 대물림하지 않겠다는 집단적 삶의 목표가 있었습니다. 가난에서 벗어나 쌀밥에 고기반찬을 먹으면 행복할 것 같았던 시대였습니다. 그 꿈은 세계 최빈국에서 세계 경제 11위라는 열매를 맺었습니다. 최근에는 대부분의 학생이 고등학교를 졸업해 대학에 진학합니다. 이제 부모님 세대의 그 집단적인 꿈이 더 이상 우리 사회의, 개개인의 행복은 아닌 것 같습니다.

미국 스탠퍼드 의과대 정신의학과 어빙 D. 엘로 교수는 '스스로가 생각하는 것보다 더 많은 사람들이 삶의 의미에 대한 관심 때문에 치료를 받고자 한다' 고 했습니다. 삶의 의미에 대한 위기를 느끼는 사람들이 생각보다 많다는 것입니다. 세끼 밥을 굶지 않고 먹고사는 것이 중요할 때는 쌀독이 가득 차는 것으로 행복할 수 있었습니다. 그것이 목적이니까요. 하지만 현대는 다릅니다. 수천억 원의 재산가가 삶의 고통으로 인해 높은 빌딩에서 뛰어내리는 현실을 볼 때 행복이 물질에 있는 것은 절대 아닌 것 같습니다.

한 스님에게 삶의 의미에 대해 물었습니다. 답은 너무 간단했습니다. '행복하기 위해 사는 것' 이라는 것이었습니다. 그런데 여기서부터 복잡해집니다. 행복이란 무엇인가. 순간의 즐거움이나 쾌락이 행복은 아닙니다. 행복은 즐거움이 영원히 지속되어야 합니다. 스님에게 다시 행복할 수 있는 방법을 물었습니다.

"요즘 등산하는 사람들이 참 많아요. 그런데 그 사람들은 산등성이를 갔다 오는 것이 목적인 것 같아요. 정상의 모습은 기억하는데, 올라가면서 본 것은 흙 밖에 없다는 사람들이 태반입니다. 꼭 정상에 가지 않더라도 산을 오르면서 나무도 보고, 흙도 보고, 동물들 소리도 들으면 충분히 즐거운데 말이죠."

맞는 답입니다. 결과를 보고 달리려다 보니 삶의 의미를 찾지 못합니다. 인간은 꿈을 위해 걸어가는 과정에서 행복을 느껴야 합니다. 결과가 달성되고 안 되고는 삶에서 그리 중요한 문제가 아니니까요.

삶의 의미에 대해 배우자, 아이들, 형제자매와 이야기해보시길 바랍니다. 마음이 바뀌면 생활이 바뀌고, 내가 바뀌면 사회가 바뀝니다. 그러면 행복에 한 걸음 더 다가설 수 있습니다.

사랑하는 사람들에게 들려주고 싶은 이야기를 적어보세요.

년   월   일

구름이 꼬인다 갈리 있소
새 노래는 공으로 들으랴오

왜 사냐건 웃지요

반짝반짝

아내가 아이들에게 야광펜을 사줬습니다. 퇴근 후 집에 오자 아이들이 제 손을 끌더니 방에 데리고 가서 불을 끕니다. 그러고는 자기가 그린 그림을 꺼내 보여줍니다. 환하게 빛나는 야광그림이 번적거립니다.

아이들이 모두 잠자리에 든 다음 불을 끄니 정말 가관입니다. 벽에도 가구에도 방바닥에도 아이들 옷에도, 모든 게 온통 반짝입니다. 그림을 그린다고 온통 야광펜을 발라놓은 까닭입니다. 키가 작아 천장에만 반짝이가 없습니다.

"그놈들~, 천장에 은하수도 그려넣지. 휴일에 같이 별 그리자고 해야겠구먼."

잠자리에 든 천사들을 바라보며 혼잣말을 합니다. 무슨 좋은 꿈을 꾸는지 한 아이가 천사의 미소를 짓습니다. 아이들이 그린 야광그림처럼, 많은 사람들이 어두운 세상에 반짝반짝 빛나는 정을 나누고 살았으면 좋겠습니다.

사랑하는 사람들에게 들려주고 싶은 이야기를 적어보세요.

년   월   일

#43

천하의 영웅과 호걸도 죽음 앞에서는
아무런 반항도 못하고 그저 순종해야 한다.

그런데 우리는 남의 일처럼
까맣게 잊고 살아가네.

9년 산 도라지

시골집에 내려가신 어머니가 전화를 했습니다. 말투를 보니 무슨 일인지 매우 흥분해 있었습니다. 내용인즉 누군가 밭에 심어 놓은 도라지를 몽땅 캐어갔다는 것입니다.

도라지는 한자리에서 3년 이상을 자라지 못합니다. 3년이 되면 다른 곳으로 옮겨 심어야 합니다. 그렇게 세 번을 했으니 8~9년쯤 된 것인데, 9년 된 도라지는 몸에 좋은 보약이라면서 아버지가 오래전 심었던 것입니다.

아버지가 돌아가신 후 어머니가 도라지를 다른 곳에 옮겨 심으면서 아버지 생각에 많이 울었던 도라지입니다. 올해 캐어서 자식들에게 나눠 먹일 생각이었는데, 특히 어머니 속이 많이 상하셨을 터지요. 속상해 하는 어머니에게 말했습니다.

"어머니 그거 아버지가 캐가신 거예요. 저승에서 도라지 키우고 싶어서 가져가셨어요."

"에이 이놈아. 말 되는 소리를 해라."

"그렇게 생각하세요. 훔쳐간 거 누가 다시 갖다 놓을 것도 아닌데, 속상해 하시지 말라고요."

"그래, 그러자. 그거 먹고 몸 아픈 사람 병이라도 낳으라고 해야
겠다."
재물을 잃으면 일부를 잃어버린 것이지만, 마음을 다쳐 몸까지
상하면 전부를 잃어버리게 됩니다.
얼마 후 어머니는 도라지를 몇 뿌리 구해서 다시 밭에 심었다고
합니다. 다시 키워서, 9년 후에 어머니와 같이 나눠 먹자고 손가
락을 걸었습니다.

사랑하는 사람들에게 들려주고 싶은 이야기를 적어보세요.

년   월   일

#44

사진 조계총림 송광사 글 〈보왕보살경〉

찢어진 우산

봄비가 내립니다. 집을 나서면서 들고 나온 우산을 펴니, 우산 살 하나가 부러졌습니다. 부러진 부분을 옆으로 해서 우산을 쓰고 버스를 기다립니다. 마침 정거장에서 친구를 만났습니다.

"어, 우산살이 부러졌네. 웬만하면 하나 사라."

친구가 말을 건넵니다.

"비 피하기는 부족하지 않은데."

그러고 보니 주변에 살이 부러진 우산을 받쳐 든 사람은 저 한 명뿐입니다.

초등학교 때의 일입니다. 아침에 일어나 비오는 날이면 형제들의 몸놀림이 빨라집니다. 집에는 우산이 한두 개 부족해 늦게 학교에 가는 사람은 비를 맞고 가야 했기 때문입니다.

지금이야 집집마다 사람 수보다 많은 우산이 있지만, 불과 20여 년 전만 해도 우산을 못 쓰고 학교에 가는 아이들이 적지 않았습니다. 빠듯한 생활비를 쪼개 우산을 사야 하는 형편인지라, 우산을 잃어버리기라도 하면 어머니께 회초리를 맞아야 했습니다.

중고등학교에 다니는 삼촌, 누나에 비해 등교가 늦고 학교가 가까운 저는 우산이 없어 비를 맞고 가기가 일쑤였습니다. 비 맞는 것도 그렇지만 흙탕길을 뛰어 학교에 가야 하는 것이 더욱 싫었습니다.

한번은 하나 남은 우산을 들고 살그머니 집을 나섰습니다. 할아버지 우산입니다.

"학교 다녀오겠습니다."

우산을 들고 가다가 걸릴까 봐 우산을 몸 앞에 들고 뒤도 돌아보지 않고 인사하고는 집을 저만치 지나 우산을 폈습니다. 두어 군데 살이 나가고 찢어진 곳도 있는 우산이었습니다.

그래도 "나도 우산이 있다"며 우산 없는 친구랑 같이 학교에 쓰고 갔었습니다.

살 하나 망가진 우산이 옛 기억을 새록새록 살아나게 합니다.

사랑하는 사람들에게 들려주고 싶은 이야기를 적어보세요.

년　　　월　　　일

아이들에게 전하는 훈요십조

후손들에게 전하고 싶은 생활의 지침을 적습니다. 현명한 사람이 행복하게 세상을 살 수 있습니다. 이 지침을 떠올리면서 나를 기억해 주기를 바랍니다.

01.

02.

03.

04.

05.

06.

07.

08.

09.

10.

#45

내 재산을
지난해 인류에
가장 큰 공헌
을 한 사람에
게 써주세요.

웰빙=웰다잉

잘 살자는 웰빙well-being, 죽음을 잘 맞이하자는 웰다잉well-dying. 두 단어는 같은 목표를 지향하고 있습니다. 마치 세계의 여러 종교가 인간의 바른 삶을 제시함으로써 행복한 환경을 만들려는 공통된 지향점을 가진 것과도 상통합니다.

잘 사는 것은 자신을 사랑하는 일에서부터 시작합니다. 나 자신의 존엄함을 깨닫고 나 자신을 사랑하게 된다면 주변의 모든 생명이 소중한 존재임을 자각하게 될 것입니다. 우울한 일 때문에 축 늘어진 어깨로 집에 들어섰을 때, 환하게 웃는 가족이 반긴다면 우울했던 그 마음은 순식간에 사라질 것입니다.

그다음엔 나눔을 실천해보세요. 소유한 물건 가운데 3년 이상 사용하지 않은 물건을 목록으로 정리해, 그 물건이 필요한 사람들에게 나눠주세요. 한꺼번에 떠넘기듯 전해서는 안 됩니다. 목록을 갖고 있다가 필요로 하는 사람들이 주변에 생길 때마다 주면 됩니다. 나누면 나눌수록 나눔의 기쁨을 비로소 알 수 있습니다. 나눔이 쌓이면 봉사의 기쁨도 알게 됩니다. 단, 내가 이것을 줬는데 왜 저 사람은 내게 아무것도 안 줄까 하는 서운함이 생긴다면 이는 안 한만 못한 행위가 된다는 것에 유의해야 합니다.

그다음에는 눈에 보이지 않는 가치에 대한 신념을 가져야 합니다. 얼마 전 오랜 친구와 대화를 겸한 저녁 자리가 있었습니다. 착하게 사는 것이 바보 같다는 친구의 말에 무척 놀랐습니다. 착하게 살았던 부모님이 건강이 안 좋으셔서 재산을 정리해보니 가진 것이 별로 없더라는 것입니다. 사실 친구의 말에 동의하는 사람도 많다는 것을 압니다. 하지만 인생이라는 것은 누구도 모릅니다. 착하게 산다는 것이 정말 손해일까요? 보이지 않는 가치에 대한 신념을 가지십시오. 신념은 사회가 어떤 방향으로 가던지, 내가 생각하는 옳은 길을 선택할 수 있는 나의 권리이고 삶의 방식입니다.

우리는 항상 많은 선택을 하면서 살아갑니다. 그리고 그 선택의 결과는 다르게 나타납니다. 결과가 그리 중요하진 않습니다. 그것이 곧 웰빙의 삶이고, 웰다잉에 이르는 길입니다.

마지막으로 가끔 죽음의 자리에서 삶을 돌아보시기 바랍니다.

우리 사회는 너무 앞으로 달리는 것만 강요하고 있습니다. 저도 주변 동료와 가족에게 그것을 요구하고 있습니다. 일주일에 한 번이라도 뒤를 돌아보십시오. 뒤를 돌아보는 가장 좋은 방법은 먼 미래일 수 있는 죽음의 자리에서 지금의 내 모습을 보는 것입니다.

저는 도전을 좋아합니다. 도전에는 모험이 따릅니다. 그럴 때면 생각합니다. 훗날 무덤에 누워서 내 몸을 덮는 흙의 무게를 느낄 때, 지금 이 일을 하지 못한 것을 후회할까 후회하지 않을까. 후회할 것 같으면, 최선을 다해 그 일을 합니다. 웰다잉을 위한 저만의 웰빙법입니다.

사랑하는 사람들에게 들려주고 싶은 이야기를 적어보세요.

년   월   일

#46

3일 동안 닦은 마음은
하늘의 보물이요,

100년 동안 모은 재물은
하루아침의 티끌이다.

분홍 운동화

반찬거리를 사러 시장에 간다는 할머니 말에 둘째가 달려 나와 같이 가자고 조릅니다. 내복이 삐져나오든 말든, 대충 바지를 챙겨 입고 할머니를 따라나섭니다. 한참 후 집에 온 아이의 손에는 분홍 운동화 한 켤레가 들려 있었습니다. 신발 가게 앞에서 신발을 사달라고 한참을 조른 모양입니다.

"내가 이걸 얼마나 사고 싶었다고."

혹여나 혼날까 봐, 둘째는 능청스럽게 둘러댑니다. 새 유모차, 새 옷, 새 신발. '새'자가 붙은 것은 대부분 큰아이 몫입니다. 둘째는 묵묵히 이를 물려받습니다.

얼마 전 학교 입학을 앞두고 큰애에게 새 운동화를 사줬더니, 둘째는 내심 부러웠나 봅니다. 눈치가 있는지라 부모에게 말을 못하다가 할머니를 따라나선 것입니다. 아이의 마음을 왜 모르겠습니까. 좋은 옷에 맛난 음식 사주고 싶은 아내와 할머니의 마음도 모르진 않습니다. 하지만 굳이 한마디 합니다.

"신발 있는데, 왜 사주고 그러세요. 용돈도 부족할 텐데."

그날 밤 신발을 품에 안고 잠든 둘째를 꼬옥 안아줍니다.

사랑하는 사람들에게 들려주고 싶은 이야기를 적어보세요.

년   월   일

아, 우리가 보는 모든 것이

47

한낱 **꿈**속의 꿈인가.
꿈속의 **꿈** 처럼 보이는 것인가.

재활용품을 넘보지 말라

봄이 되자 이집 저집 대청소를 합니다. 뒷집에서 책 정리를 하면서 낡은 책을 잔뜩 버렸습니다. 또 한 집에서는 맥주 캔을 수없이 버립니다.

늦잠을 자고 있는데 어머니가 아르바이트를 하자며 깨웁니다. 다른 집에서 나온 재활용품을 주워 모으는 것입니다. 책이며 병 등을 고물상에 팔러가자는 겁니다. 자동차 뒷좌석을 젖히고 가득 폐기물을 실었습니다. 세 번을 왔다갔다해서 어머니가 주운 물건을 모두 고물상에 날랐습니다. 책을 끈으로 묶고 싣고…. 꼬박 하루가 걸렸습니다. 빈 병만 마대자루로 네 포대가 나옵니다. 그렇게 아르바이트로 받은 돈이 32,200원입니다.

"계산이 잘못된 거 아닌가요? 빈 병만 80개가 넘는데요?"

"맞아요. 빈 병 하나가 20원이니까 병 값이 16,000원이고…."

돈을 받아들고 나오면서 보니 등이 굽은 할아버지, 할머니들이 작은 수레에 담아온 폐품값을 받아드는 모습이 보입니다. 2천 원, 3천 원 정도입니다. 하루 종일 동네를 헤집고 다니면서 모은 일당이 고작 2, 3천 원이라니.

자가용을 몰고 수레를 끌고 온 노인들 사이를 비집고 나오는 제 모습이 너무 죄송스런 하루였습니다. 집에 오는 길에 어머니와 약속을 했습니다. 다시는 고물을 모으지 않기로….

년   월   일

#48

잘 살아야 잘 죽을 수 있습니다
잘 사는 것이 잘 죽는 것입니다
우리가 죽음에 대해 생각할 때
죽음은 언제나 어디에서나
누구에게나 일어날 수 있음을 알게 합니다

사진 남미영 글 오진탁

웃으면 행복해져요

한 스님께 어떻게 하면 행복할 수 있는지 물었습니다.

그러자 스님이 거울을 줍니다. 그러고는 가끔 거울을 보면서 웃는 법을 연습하라고 일러주십니다. 기분 좋은 일이 있거든 큰 소리로 껄껄 웃고, 기분 나쁜 일을 당하면 '마음 넓은 내가 너를 용서하마' 하면서 미소를 지어보라고 합니다. 길을 지나가다가 누군가와 부딪칠 땐 살짝 웃어주라고 합니다.

그런데 이상합니다. 참 쉬운 것 같은데도 쉽지 않은 일입니다. 웃는다는 것은 자신을 낮추는 작업입니다. 더불어 상대를 공경하는 마음입니다. 내일은 아침 출근 지하철에서 세 번, 점심 식사 때 두 번, 저녁 퇴근길에 세 번 웃으려고 합니다. 조금씩 웃음이 쌓이다 보면 마음도 얼굴도 인자해지겠지요.

사랑하는 사람들에게 들려주고 싶은 이야기를 적어보세요.

년   월   일

장례 이후 후속 조치 사항

1. 고인의 금융거래 조회
   - e-금융민원센터에서 제공하는 상속인 조회 서비스를 통해 고인이 생전에 금융거래를 한 사실을 일괄 조회할 수 있습니다.
   - 접수 · 처리기관 : 금융감독원
   - 상세문의 : 금융민원센터 www.fcsc.kr ◉ 금융감독원 통화콜센터 ☎ 1332

2. 고인의 소유 토지 조회
   - 국토해양부 국가공간정보센터가 제공하는 조상땅 찾기 서비스를 통하여 고인이 생전에 소유한 토지 현황을 조회할 수 있습니다.
   - 접수 · 처리기관 : 국가공간정보센터
   - 상세문의 : 국토해양부 국가공간정보센터 www.mltm.go.kr ◉ 국토해양부 국가공간정보센터 지리정보과 ☎ 02-2110-8341 ◉ 시 · 도, 시 · 군 · 구 지적업무부서(토지정보과, 지적과 등)

고인의 재산 상속(상세한 내용은 법률전문가에게 문의하시기 바랍니다)

1. 상속으로 인한 소유권이전등기
   - 고인 소유의 부동산을 상속인 앞으로 이전하는 것으로, 상속인이 단독으로 등기를 신청합니다.
   - 접수 · 처리기관 : 지방법원 등기과(소)
   - 상세문의 : 대법원 인터넷등기소 www.iros.go.kr ◉ 각 법원 등기과(소) 또는 법률전문가

2. 협의분할에 의한 상속으로 인한 소유권이전등기
   - 고인 소유의 부동산을 상속인 전원의 상속재산분할 협의서 또는 심판서 정본

에 의하여 상속인 앞으로 이전하는 것으로, 상속인이 단독으로 등기를 신청합니다.

- 접수 · 처리기관 : 지방법원 등기과(소)
- 상세문의 : 대법원 인터넷등기소 www.iros.go.kr ◉ 각 법원 등기과(소) 또는 법률전문가

3. 협의분할로 인한 상속에 의한 소유권경정등기

- 상속으로 공동상속인 명의로 상속등기를 한 후 부동산을 공동상속인 중 1인의 단독 또는 일부의 소유로 하는 상속재산 분할 협의가 이루어진 경우에 공동상속인 명의로 된 등기를 단독 또는 일부의 소유로 경정하는 등기입니다.
- 접수 · 처리기관 : 지방법원 등기과(소)
- 상세문의 : 대법원 인터넷등기소 www.iros.go.kr ◉ 각 법원 등기과(소) 또는 법률전문가

4. 유증으로 인한 소유권이전등기

- 유증은 유언자가 유언에 의하여 부동산을 수증재(증여받을 자)에게 증여하는 것으로 유언자 사망 시 유증을 원인으로 하여 부동산의 소유권을 이전합니다.
- 접수 · 처리기관 : 지방법원 등기과(소)
- 상세문의 : 대법원 인터넷등기소 www.iros.go.kr ◉ 각 법원 등기과(소) 또는 법률전문가

5. 재산상속 한정승인, 포기(자세한 사항은 180쪽을 참고하세요)

- 신고기한 : 상속개시를 안 날로부터 3개월 이내
- 접수 · 처리기관 : 피상속인의 최후 주소지 관할 가정법원
- 상세문의 : 서울가정법원 ☎ 02-530-2462~3 http://slfamily.scourt.go.kr
  ◉ 각 지방법원(지원) 대한법률구조공단 ☎ 132 www.klac.or.kr

6. 자동차 소유권이전등록

- 신고기한 : 상속개시일로부터 3개월 이내
- 접수 · 처리기관 : 자동차 등록관청

1. 취득세·등록세 신고 납부
   - 신고기한 : 상속개시일로부터 6개월 이내
   - 접수·처리기관 : 물건지 관할 시·군·구
   - 상세문의 : 지방세종합상담 ☎ 1577-5700 ◉ 각 시·도, 시·군·구 부과권자 ◉ 지방세포털사이트 www.wetax.go.kr

2. 상속세 신고 납부
   - 신고기한 : 상속개시일로부터 6개월 이내
   - 접수·처리기관 : 피상속인의 주소지 관할 세무서
   - 상세문의 : 국세청 고객만족센터 ☎ 1588-0060 http://call.nts.go.kr ◉ 각 세무서 재산제세 담당부서

국민연금 청구

- 신고기한 : 지급사유발생일로부터 5년 이내
- 접수·처리기관 : 국민연금관리공단 ☎ 1355 www.nps.or.kr

1. 유족연금

   국민연금 가입자 또는 가입했던 자가 사망하였거나 노령연금 수급권자 또는 장애등급 2급 이상의 장애연금 수급권자가 사망하여 수급요건을 충족하는 경우 사망자에 의해 생계를 유지하고 있던 유족에게 지급하는 연금입니다.

2. 반환일시금

   국민연금 가입자 또는 가입자였던 자가 사망하였으나 유족연금을 받을 조건을 충족하지 못하는 경우 유족에게 납부한 보험료를 일시에 반환하는 것을 이릅니다.

3. 사망일시금

   국민연금 가입자 또는 가입자였던 자가 사망하였으나 국민연금법에 의한 유족

이 없어 유족연금 또는 반환일시금을 지급받을 수 없는 경우 생계유지를 함께 하던 사람에게 지급하는 장제보조금적 성격의 급여입니다.

우체국예금 · 보험 청구

- 접수 · 처리기관 : 우체국
- 상세문의 : 우체국금융콜센터 ☎ 1588-1980 ◉ 우정사업본부 홈페이지 www.koreapost.kr ◉ 우체국예금보험 홈페이지 www.everrich.kr

1. 상속예금 지급청구
    - 예금주의 사망을 알지 못하고 지급하는 경우 금융기관은 면책됩니다.
    - 예금주의 사망을 안 경우 지급정지한 후 상속 절차에 따라 지급합니다.

2. 상속예금 승계신고
    - 피상속인 계좌의 권리 및 의무를 이어받는 것으로, 승계는 승계사유가 발생하면 신고해야 효력이 발생합니다.
    - 신고기한 : 신고사유 발생일로부터 3개월 이내

3. 대인보험 지급청구
    - 계약자가 사망한 경우 : 계약자 상속
    - 피보험자가 사망한 경우 : 수익자가 보험금을 청구
    - 피보험자이면서 동시에 수익자인 사람이 사망한 경우 : 피보험자 및 수익자의 법정 상속인이 보험금 청구권을 상속합니다.
    - 수익자가 사망자인 경우 : 보험금 지급사유 발생 전에는 계약자가 수익자 변경이 가능합니다. 보험금 지급사유 발생 시에는 수익자의 법정상속인이 보험금 청구권을 상속합니다.

영업자 지위 승계

1. 공중위생영업 영업자 지위승계신고
    - 공중위생관리법 제3조의2(공중위생영업의 승계)에 의거 공중위생영업자(숙박

업, 목욕업, 세탁업, 건물위생용역업 등)가 사망한 때 그 상속인이 공중위생 영업자의 지위를 승계합니다.

- 동 기간 이내에 신고를 하지 아니한 자는 6개월 이하의 징역 또는 500만원 이하의 벌금에 처하도록 규정(법 제20조 제2항)되어 있습니다.
- 신고기한 : 임종일로부터 1개월 이내
- 접수 · 처리기관 : 허가(신고)청
- 상세문의 : 관할 시 · 도, 시 · 군 · 구 공중위생업무 담당부서

2. 식품영업 영업자 지위승계신고

- 식품위생법 제25조 제1항에 따라 식품위생법상 영업자가 사망한 때 그 상속인이 영업자의 지위를 승계합니다.
- 동 기간 이내에 신고를 하지 아니한 자는 3개월 이하의 징역 또는 3천만원 이하의 벌금에 처하도록 규정(법 제77조 제1항)되어 있습니다.
- 신고기한 : 사망일로부터 1개월 이내
- 접수 · 처리기관 : 허가(신고)청
- 상세문의 : 각 지방식품의약품안전청(서울, 부산, 경인, 대구, 광주, 대전) ◉ 관할 시 · 군 · 구 식품위생업무 담당부서

3. 주요 지위승계 신고사항

국제물류주선업 상속신고 ◉ 게임제작(배급)업 등의 영업자 지위승계 신고 ◉ 상속에 의한 광업권(조광권 · 저당권) 이전등록 ◉ 축산물가공처리법상 영업자 지위승계신고 ◉ 측량업 지위승계신고 ◉ 도시가스사업자 지위승계신고(가스도매사업, 일반도시가스사업) ◉ 액화석유가스 충전사업 등의 지위승계신고 ◉ 위험물제조소 등 지위승계신고 ◉ 소방시설업 지위승계신고 ◉ 건강기능식품 영업자 지위승계신고 ◉ 총포 등 제조업(판매업 · 화약류저장소) 영업자 지위승계신고 ◉ 사행행위영업(사행기구제조 · 판매업) 영업자 지위승계신고 ◉ 관광사업 양수(지위승계)신고 ◉ 화물자동차 운송(운송주선 · 운송가맹)사업 상속신고 ◉ 건설업 상속신고(일반건설업, 전문건설업) ◉ 부동산개발업 상속신고 ◉ 여객자동차터미널사업 상속신고 ◉ 여객자동차운송사업(자동차대여사업) 상속신고 ◉ 골재채취업 상속신고 ◉ 주류 제조 · 판매업 면허 상속신고 ◉ 우표류판

매소 이전 신청 ◉ 해수면 유·도선사업 상속신고
- 신고기한 : 각 분야마다 그 신고기한이 다르니 자세한 사항은 각 허가(등록, 신고)청에 확인하시기 바랍니다.
- 접수·처리기관 : 허가(등록, 신고)청

4. 지위승계(상속이전)의 결격사유

상속인이 지위승계를 받는 사업의 인·허가 결격사유에 해당되는 때에는 기간을 정하여 다른 사람에게 그 사업을 양도하도록 관련법령에 규정된 경우가 있습니다.

기타 후속 조치 사항

1. 사업자등록정정신고
- 상속으로 사업자 명의가 변경될 때에는 부가가치세법 시행령 제11조의 규정에 의하여 사업자등록정정신고서를 작성하여 관할 세무서에 제출해야 합니다.
- 신고기한 : 지체없이
- 접수·처리기관 : 세무서

2. 각종 보험 청구, 거래계약 해지, 신용카드 해지, 인터넷서비스 해지, 휴대전화 해지, 유선방송 해지 등
- 각 업체에 따라 조치기한과 방법이 각기 다릅니다. 자세한 내용은 해당 업체나 관계기관에 문의하시기 바랍니다.

이밖에도 조치할 사항이 다양합니다.

출처 : 행정안전부 민원제도과

삶은 소유가 아니라 순간순간의 있음이다.

사진 남미영 글 법정 스님

순간 속에서 살고 순간 속에서 죽으라.
자기답게 살고 자기답게 죽으라.

나는 ★ 누구인가요?

지금 이 책을 읽고 있는 '나' 는 누구인가요?

〈 마음에 드는 사진으로 붙여보세요 〉

이름(한글)　　　　　　　　(한문)

생년월일　　　　　　　　주민등록번호

본관　　　　　　씨　　　　파　　　　대손

본적

주소

전화　　　　　　핸드폰

학교

초등학교	제	회로	년	월	일 졸업
중학교	제	회로	년	월	일 졸업
고등학교	제	회로	년	월	일 졸업
대학교	제	회로	년	월	일 졸업
			년	월	일 과정 졸업

직장

년	입사	년 퇴사
년	입사	년 퇴사
년	입사	년 퇴사
년	입사	년 퇴사

기타 주요 이력

내★인생그래프 그리기

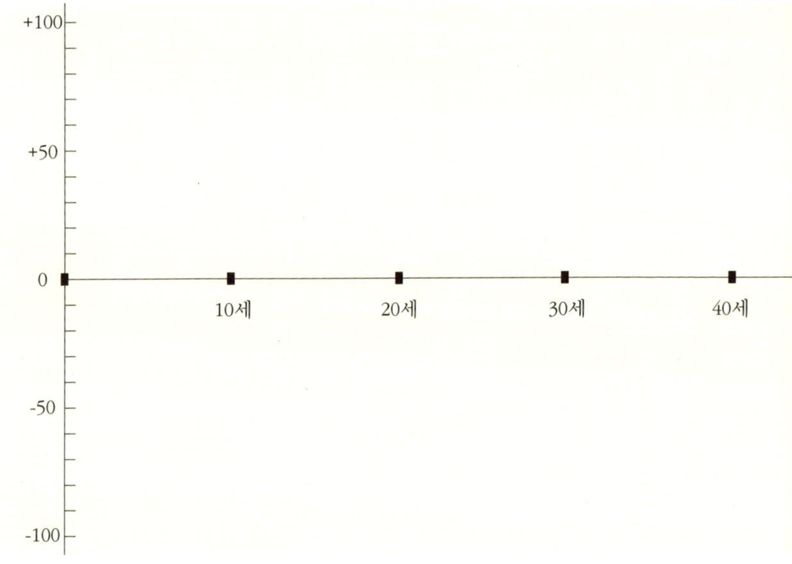

◉— 최고점이　　　　세인 이유

◉— 최저점이　　　　세인 이유

나이를 90세로 생각하고 그래프를 그려보세요. 그래프를 그린 후 행복한 정도에 따라 10점~100점으로 점수를 매깁니다. 그리고 나이별로 행복점수를 점으로 찍고 선으로 이은 후 그 이유를 적어보세요.

◉― 다른 그래프 위치에 대한 이야기

사진을★모아보세요

언제일지 모를 나의 장례식. 이왕이면 나를 위해 빈소를 찾아준 사람들에게 사진으로나마 좋은 인사를 나누고 싶습니다. 이생과의 헤어짐이지만 너무 슬프지는 않게 인사를 나누고 싶습니다.

〈 영정으로 사용할 사진 붙이는 곳 〉

이런저런 이유로 증명사진을 찍을 때가 많습니다. 그 사진을 한 장, 한 장 붙여보세요. 수십 년이 지나면 일기장처럼, 나의 모습이 지나갈 것입니다.

년   월   년   월   년   월

년   월   년   월   년   월

나의 ★ 자산 현황

제가 후손에게 전해주고 싶은 최고의 자산은 우애입니다. 인생의 목표는 무엇인가요? 바로 행복이 아니던가요? 사람은 행복하기 위해 돈을 벌고, 돈을 잘 벌기 위해 힘들게 입시와 싸우며 좋은 대학을 지향합니다. 하지만 그 수식이 모두에게 들어맞는 것은 아닙니다.

밥 세끼 먹고 두 평 남짓한 방에 몸을 뒤척이며 잠드는 것은 누구나 같습니다. 다른 사람보다 조금 더 재물을 갖고 있다고 해서 행복한 것은 절대 아닙니다. 점점 나이가 들수록 같이 즐길 수 있는 사람들이 필요합니다. 그 사람들이 바로 형제자매입니다. 우애는 부모님이 제게 전해준 가장 큰 재산입니다. 아이들을 키울 때 지금 어떤 마음인가요?

부동산

내용	명의	주소	비고

동산(예금/주식)

금융기관	종류	명의	계좌번호	보관장소

차량

차종	차량번호	구입년도	단골정비소	등록증보관장소	비고

이름	연락처	금액	비고

이름	연락처	금액	비고

종류	기관명	증서번호	연금액	수령일	내용

보험

보험종류				
보험회사				
증서번호				
보험료				
보장내용				
담당자				
담당자전화번호				
만기일				
만기보험금				
수익자				
보관장소				
비고				

기타

조상님이★계신 곳

명절이나 기일 때가 되면 조상님 산소에 가곤 합니다. 일 년에 한두 번 찾게 되니 가족들도 조상님이 계신 곳을 잘 기억하지 못할 때가 있습니다. 현재의 내가 있을 수 있는 것은 조상님이 있었기 때문입니다. 조상님이 계신 산소 또는 납골당 등의 위치를 정리해보세요.

〈 산소 또는 납골당 등의 사진 붙이는 곳 〉

산소 또는 납골당 등의 위치도

조상님 성함   약도

기일

주소

조상님 성함   약도

기일

주소

조상님 성함   약도

기일

주소

우리 가족 ★ 주요 행사날

가족들도 친족 관계를 잘 모를 때가 많습니다. 내가 세상에 없을 때 친족이 서로 멀어지지 않고 항상 돈독하길 바랍니다. 기억을 더듬어 가족들의 행사날을 정리해보세요. 가족들의 한글·한자·성명과 생년월일 또는 기일을 정리해보세요.

증조할아버지 \ 증조할머니

____

할아버지 \ 할머니

____

외할아버지 \ 외할머니

____

큰아버지 \ 큰어머니

____

아버지 \ 어머니

____

작은아버지 \ 작은어머니

____

고모 / 고모부

이모 / 이모부

외삼촌 / 외숙모

형제 / 자매

사촌 / 외사촌

장인 / 장모

친조카 / 외조카

나 / 남편 · 부인

딸 / 사위, 아들 / 며느리

손자 / 손녀

나의★장례와 제사상 차리기

생전에 장례 관련 예약을 했습니다.		예 / 아니오
상조기관에 가입했습니다.		예 / 아니오
장례장소	고향에서 장례를 치르고 싶습니다.	예 / 아니오
	병원장례식장에서 치르고 싶습니다.	예 / 아니오
	현재 내가 사는 집에서 치르고 싶습니다.	예 / 아니오
장례방법	화장을 하고 싶습니다.	예 / 아니오
	화장 후 유골의 처리 방법	산골 / 납골 / 수목장
	산골일 경우 그 방법	강 / 바다 / 고향 / 집단시설 / 기타
	매장을 하고 싶습니다.	예 / 아니오
	매장일 경우 장소는	선산 / 공원묘지 / 시립묘지 / 기타
장례의식	장례는 종교의례로 하고 싶습니다. 불교 / 기독교 / 천주교 / 유교 / 아니오	
	가족들만 참석하는 장례를 원합니다.	예 / 아니오

내 제사상은 다른 제사상과 조금 달랐으면 합니다. 평소에 좋아했던 음식을 통해 남아 있는 나의 가족들이 나를 한번 더 기억하는 시간이 되기를 바라기 때문입니다.

나의 제사상 차림표

〈 제사상 차림표 〉

내가 ★ 남긴 육신은

이 한생, 대한민국   땅에서 태어나 멋지게 살다갑니다.

때론 힘든 일도 있었고, 그보다 더 많은 즐거운 일도 있었지요. 그래도

삶은 살아갈 만한 것 같습니다. 나와 내 가족이 살아갈 수 있게 해준

은혜,   님께 감사드립니다.

내가 죽거든   을 해주세요.

내가   을 택한 이유는

때문이랍니다.

나의 몸은   에 있는   에 남겨 주십시오.

그곳은

때문에 그곳에서 영면을 취하고 싶습니다.

바쁘게 살아가야 하는 사회생활이겠지만 가끔은 그곳을 찾아주길 희망합니다. 내 몸이 있는 그곳에서 평생토록 사랑했던 가족들에게 언제고 웃으면서 안부를 묻고 싶습니다.

사랑하는 나의   , 그리고 나의 아이들.

다음에 우리가 다시 만난다면 어떤 모습일까요. 나는 당신이

했으면 좋겠습니다. 그리고   는   모습으로,   는   모습으로 볼 수 있기를 희망합니다.

'사랑한다' 는 말에 익숙하지 못해 그 말을 아주 조금만 하면서 살아왔습니다. 하지만 내 마음은 항상 그대를 사랑했습니다.

다음에 만날 날을 기약하면서 나의 마음을 남깁니다.

년   월   일

자필 유언 증서

유언자   은(는) 다음과 같은 유언을 하면서 이를 자서

합니다.

제1항 : 부인   에게는 다음의 재산을 상속합니다.

(1)

(2)

제2항 : 나의 자녀인   에게는 다음의 재산을 상속합니다.

(1)

(2)

제3항 : 나의 자녀인   에게는 다음의 재산을 상속합니다.

(1)

(2)

제4항 : 나의 가족에게 전하고 싶은 말은 다음과 같습니다.

제5항 : 이 유언의 유언집행자로서

(주소 :   , 주민등록번호 :   -   )

를 지정합니다.

년   월   일

유언자 ＿＿＿＿＿＿＿＿(인)

주소 :

전국 납골 시설 현황 자료출처 : 보건복지부

지역	이름	주소	전화번호
서울	승화원 제1추모의 집	고양시 덕양구 대자동 산178-1	02)356-9069
부산시	구 영락원	금정구 선두구동 산80	051)508-9000
	제1 영락원	금정구 선두구동 1494-1	
대구시	낙산 추모의 집	경북 칠곡군 지천면 낙산리 산167	053)312-0348
	조계종 관음사	대구시 남구 봉덕동 1301-4	053)474-8228
	서봉사극락암	대구시 남구 이천동 438-7	053)472-4812
인천시	인천시립납골당	부평구 부평2동 산57-1	032)522-4897
	추모의 집	부평구 부평2동 산52-4	032)522-0570
	안동장씨영종파 납골당	중구 운서동 산304-2	032)882-0472
	김해김씨 영종종친회 영현당		
		중구 운서동 산296-3	032)751-3339
	봉련사 추모원	강화군 송해면 하도리	032)933-9501
광주시	영락공원납골당	북구 효령동 100-2	062)572-4386
대전시	구봉산영락원	대전 서구 괴곡동 산55-1	042)583-4708
	구암사극락전	대전 유성구 안산동 93-1	042)822-2377
울산시	미륵종 납골당	울주군 웅초면 대복리 6-1	051)816-7939

지역	이름	주소	전화번호
경기	승화원 제2추모의 집	파주시 광탄면 용미리 산107	031)943-8028
	용미리 추모의 집	파주시 광탄면 용미리 산65-7	031)943-3937
	수원시 연화장	수원시 팔달구 하동 26	031)218-0555
	성남시 납골당	성남시 중원구 갈현동 산112	031)729-5930
	태고종 극락사	고양시 덕양구 대자동 278-5	031)963-9006
	태고종 경은사	고양시 덕양구 대자동 351-6외 1	031)964-4441
	법화종장안사	고양시 일산구 풍동 138-6외 2	031)901-1954
	자유로청아공원 납골당	고양시 일산구 설문동 478-11	031)977-9911
	봉덕사 납골당	고양시 덕양구 대자동 1053-5	031)963-7588
	모란 납골당	남양주시 화도읍 창현리 산21-1	031)594-6362
	보장사 영각당	안양시 만안구 석수1동 240-10	031)471-3322
	남양주 추모공원	남양주시 화도읍 차산리 산79	031)572-0001
	보광사 납골당	파주시 광탄면 영장리 10	031)948-4440
	동화경모공원	파주시 탄현면 법흥리 1632	031)945-3227
	통일로공원	파주시 조리면 장곡리 산61-69	031)943-3501
	도성사납골당	포천시 화현면 화현리 14-8	031)533-8816
	유토피아추모관	안성시 일죽면 화곡리 213-1	031)677-4440
	상락원	파주시 아동동 산17-1	031)941-3416

지역	이름	주소	전화번호
	하늘문	안성시 양성면 마산리 산81-2	031)672-7702
	극락사 납골당	동두천시 탑동동 503-1	031)867-5761
	오봉사 납골당	의왕시 고천동 산26-4	031)452-4814
	오봉사 연좌전	연천군 고문리 산76	02)945-4703
	수원사 지장전	수원시 팔달구 남수동 92-1	031)255-2692
강원	춘천시 납골당	춘천시 동내면 학곡리 산6-3	033)261-7314
	춘천시 납골당	춘천시 동산면 군자리 133	033)263-9446
	원주시 납골당	원주시 태장2동 산150	033)742-3584
	강릉시 납골당	사천면 석교리 산163	033)640-4848
	태백시 납골당	창죽동 산78-11	033)550-2844
	속초시 납골당	속초시 노학동 산155-8	033)635-7023
	삼척시 납골당	삼척시 등봉동 산115-2	033)574-7912
	평창 공설묘지	평창군 방림면 방림리 산692	033)330-2345
	정선군 납골당	정선군 사북읍 사북1리 247	033)592-2847
충북	청주시 목련당	청주시 상당구 월오동 산2-1	043)225-0301
	제천시립 납골당	제천시 송학면 포전리 594	043)644-6613
	청원군 시범납골당	청원군 가덕면 청용리 산24-9	043)251-3560
	오창면 공원묘지납골당	청원군 오창면 양청리 산84-85	043)251-3563

지역	이름	주소	전화번호
	대지공원 납골당	음성군 생극면 신양리 산45-1	043)878-3854
	생극납골공원	음성군 생극면 관성리 392-16	043)878-4444
	한마음선원 탑공원	음성군 금왕읍 무극리 산5-36	043)877-5000
	미타사납골당	음성군 소이면 비산리 89-1	043)873-0330
	옥천군 공설납골당	옥천군 서월전 산19-10	043)730-3315
	정토종납골당	엄정면 용산리14-1	043)851-1172
	조계종 화엄사	동량면 화암리522	043)851-6013
	용흥사 지장전	음성군 금왕읍 용계166-1	043)881-4700
충남	천안시립 납골당	천안시 백석동 산24-1	041)550-2448
	보령시 공설납골당	보령시 성주면 개화리 산42-1	041)933-5671
	서산시 공설납골당	서산시 인지면 산동리 산42-6	041)660-3719
	논산 영면각	논산시 양촌면 중산리 산13-2	041)730-1341
	계룡 정명각	논산시 두마면 입암리 140-1	041)840-2342
	금산군 공설납골당	금산군 복수면 신대리 산30-2	041)752-8503
	연기군 공설납골당	연기군 전동면 봉대리 산30-2	041)861-2341
	서천군 공설납골당	서천군 판교면 심동리 산73-1	041)955-4440
	청양군 공설납골당	청양군 화성면 수정리 산126	041)940-2314
	홍성군 공설납골당	홍성군 금마면 봉서리 120-13	041)633-7780

지역	이름	주소	전화번호
	예산 영안각	예산군 예산읍 주교리 38-2	041)231-2681
	예산군 공설납골당	예산군 웅봉면 평촌리 산37-1	041)330-2277
	태안군 영묘전	태안군 남면 당암리 908-2	041)670-2311
	당진군 공설납골당	당진군 우강면 송산리 산53	041)350-3345
	어성정 납골당	당진군 대호지면 장정리 503-7	041)350-3345
	아산 영각납골당	아산시 송악면 유곡리 산74	042)736-6016
	연화대	논산 노성 화곡 산21-4	042)732-5629
	일불사	금산 추부 서대 29-2	041)754-5108
	부여 영호각	부여 세도 수고 100-3	042)584-3618
전북	전주시 봉안당	전주시 완산구 효자동3가 170-1	063)281-2788
	전주시 기독교안식관	전주시 완산구 효자동3가 1041-8	063)227-6811
	군산시 추모관	군산시 임피면 보석리 산19-4	063)453-4055
	익산시 영생원	익산시 석왕동 산83-1	063)833-3657
	익산시 대원전	익산시 왕궁면 동봉리 산109	063)836-4311
	남원시 승화당	남원시 광치동 690-1	063)620-6357
	김제시 평화원	김제시 공덕면 공덕리 1167	063)853-1023
	김제시 극락보전	김제시 만경읍 화포리 389	063)544-0416
	고창군 추모의집	고창군 부안면 용산리 산121-2	063)563-4994

지역	이름	주소	전화번호
전남	목포시 납골당	무안군 삼향면 지산리 산115-8	(061)270-3316
	여수시 공설납골당	여수시 소라면 봉두리 산190	(061)685-4269
	순천시 공설납골당	순천시 야흥동 270-2	(061)749-3345
	광양시 영락당	광양시 광양읍 죽림리 산18-1	(061)762-4449
	소록도병원납골당	고흥군 도양면 소록리 2	(061)840-0551
	백양사 영각당	장성군 북하면 약수리 29	(061)392-7502
	불문사 납골당	화순군 도곡면 효산리 367-5	(061)372-4567
	담양천주교 부활의 집	담양군 월산면 광암리 산57-1	(062)227-7124
	보현정사 납골당	목포시 용해동 107-5	(061)276-1730
경북	경주시 공설납골당	경주시 강동면 단구리 산41-1	(054)762-3810
	안동시 공설납골당	안동시 임하면 고곡리 499	(054)822-8870
	구미시 공설숭조당	구미시 옥성면 초곡리 산6-1	(054)481-0572
	칠곡군 공설납골당	칠곡군 지천면 낙산리 산132-7	(054)312-1755
	영호공원	경주시 산내면 감산리 1976-1	(054)751-9668
	안동공원	안동시 풍산읍 노리 422	(054)843-7023
	만불지장회	영천시 북안면 고지리 10-1	(054)335-0101
	가톨릭 군위공원납골당	군위군 군위읍 용대리 산69	(054)382-0168
	남양납골당	성주군 선남면 오도리 산6-1	(054)932-4444

지역	이름	주소	전화번호
	우성납골당	성주군 선남면 용신리 산46	054)932-0636
	조양납골당	칠곡군 지천면 달서리 산2-2	054)972-2205
	영남납골당	성주군 선남면 오도리 92-1	054)933-4774
	영락공원 납골당	영주시 이산면 신암리 1395-24	054)634-3444
	보은사 납골당	경주시 건천읍 송선리 175-4	054)751-9666
	청구공원 납골당	칠곡군 지천면 백운리 산4-14	054)972-1382
	대원사 납골당	경주시 양남면 효동1리 1502-2	054)776-1753
경남	영생원	마산시 진동면 인곡리 산191-1	055)600-3848
	마산공원묘원	마산시 진동면 인곡리 산72-4	055)271-1700
	진주시 공설납골당	진주시 장재동 245	055)759-3672
	천자원	진해시 제덕동 750	055)548-2152
	통영시 공설납골당	통영시 정량동 52-2	055)645-4133
	은적 납골공원	사천시 곤명면 마곡리 595-1	055)854-2408
	김해추모의 집	김해시 주촌면 덕암리 산137-3	055)337-3946
	용암사 원적당	밀양시 삼랑진읍 미전리 870	055)352-4013
	용국사 영혼의 탑	의령군 의령읍 하리 852-22	055)572-3233
	고성군 공설납골당	고성군 상리면 자은리 산85	055)670-2923
	남해군 공설납골당	남해군 서면 연죽리 산8	055)860-3317

지역	이름	주소	전화번호
	금오영당	하동군 진교면 술상리 산13	055)883-9508
	본향원	산청군 신등면 가술리 산4	055)973-2491
	합천군 공설납골당	합천군 율곡면 내리 산45	055)930-3272
제주도	공설납골당	제주시 노형동 산17-4	064)702-4065
	제주시 양지공원	제주시 영평등 2261	064)702-4065
	남제주군 납골당	남제주군 성산읍 수산리 4711-7	064)730-1633

친인척 ★ 주소록 및 연락처

이름	핸드폰	전화
	주소	
이름	핸드폰	전화
	주소	
이름	핸드폰	전화
	주소	
이름	핸드폰	전화
	주소	
이름	핸드폰	전화
	주소	
이름	핸드폰	전화
	주소	
이름	핸드폰	전화
	주소	
이름	핸드폰	전화
	주소	
이름	핸드폰	전화
	주소	

이름	핸드폰	전화
	주소	
이름	핸드폰	전화
	주소	
이름	핸드폰	전화
	주소	
이름	핸드폰	전화
	주소	
이름	핸드폰	전화
	주소	
이름	핸드폰	전화
	주소	
이름	핸드폰	전화
	주소	
이름	핸드폰	전화
	주소	
이름	핸드폰	전화
	주소	
이름	핸드폰	전화
	주소	

이름	핸드폰	전화
	주소	
이름	핸드폰	전화
	주소	
이름	핸드폰	전화
	주소	
이름	핸드폰	전화
	주소	
이름	핸드폰	전화
	주소	
이름	핸드폰	전화
	주소	
이름	핸드폰	전화
	주소	
이름	핸드폰	전화
	주소	
이름	핸드폰	전화
	주소	
이름	핸드폰	전화
	주소	

이름	핸드폰	전화
	주소	
이름	핸드폰	전화
	주소	
이름	핸드폰	전화
	주소	
이름	핸드폰	전화
	주소	
이름	핸드폰	전화
	주소	
이름	핸드폰	전화
	주소	
이름	핸드폰	전화
	주소	
이름	핸드폰	전화
	주소	
이름	핸드폰	전화
	주소	
이름	핸드폰	전화
	주소	

아름다운 인생

1판 2쇄 펴냄 2009년 10월 14일

안직수 지음

펴낸이 이혜총 **전무** 김계성 **편집부장** 최승천 **기획편집** 박선주, 정영옥
디자인 최현규, 남미영 **마케팅** 문성빈, 김미경, 홍경희, 최현호 **회계관리** 차은선

펴낸곳 아름다운인연
출판등록 제 300-2003-120호 **등록일자** 2003년 7월 3일
주소 서울시 종로구 견지동 13번지 대한불교조계종 전법회관 7층
전화 02 733 6390 **팩스** 02 720 6019 **홈페이지** www.jogyebook.com

ⓒ 안직수, 2009

ISBN 978-89-93629-23-1 03800